로크미디어가
유혹하는
재미있는 세상

ROK
MEDIA
로크미디어

이것이 삶이다

이것이 법이다 37

2018년 6월 7일 초판 1쇄 인쇄
2018년 6월 12일 초판 1쇄 발행

지은이 자카예프
발행인 이종주

기획 팀 이기헌 왕소현 박경무 이승제
책임 편집 최전경

발행처 (주)로크미디어
출판등록 2003년 3월 24일
주소 서울시 마포구 성암로 330 DMC첨단산업센터 3층 314호
Tel (02)3273-5135 Fax (02)3273-5134
홈페이지 rokmedia.com E-mail rokmedia@empas.com

ⓒ 자카예프, 2015

값 8,000원

ISBN 979-11-294-0820-4 (37권)
ISBN 979-11-255-9575-5 04810 (세트)

이것이 법이다

37

자카예프 장편소설

ROK MEDIA
로크미디어

CONTENTS

인생은 술에 술 탄 듯,
물에 물 탄 듯, 술에 약 탄 듯?

"3차 가자, 3차."

"난 여기까지 하고 그만 가련다. 내일 출근도 해야 하고."

노형진이 슬쩍 발을 빼자 친구들은 어이가 없다는 얼굴이
되었다.

"또 튀는 거야?"

"튀는 게 아니라 이제 가야지, 언제나처럼."

"거참."

친구들과의 만남은 언제나 즐겁다, 한 가지만 빼고.

"넌 아직도 술 안 먹냐?"

"안 먹는 게 아니라 못 먹는 거라니까."

체질적으로 술을 좋아하지 않는 노형진은 친구들과의 약속

이 언제나 술집으로 이어지는 것이 영 고달플 수밖에 없었다.

"몸이 별로 안 좋아서 말이지."

"거참, 유난스럽기는."

"유난스러운 게 아니라 현실이야. 다른 사람들은 말을 못 하는 거고."

한국에서 10% 이상의 사람들이 체질적으로 술이 받지 않는 사람들이다. 하지만 그들은 술을 먹지 않으면 안 되는 사회 분위기 때문에 어쩔 수 없이 술을 먹게 되는 것이다. 물론 노형진이야 그럴 이유가 없지만.

"너랑 같이 있으면 다 좋은데 딱 하나 나쁜 게 뭔지 아냐? 3차가 없는 거야, 3차가."

"너희들끼리 가면 되는 거지, 뭘."

"에잉."

1차는 일반적인 식당에서 저녁을 먹으면서 소주 한 잔, 2차는 노래방에서 노래 한 곡. 그리고 3차는 전문 술집으로 가는 것이 일반적인 과정이다. 그래서 노형진은 보통 2차까지는 군소리 없이 따라가지만 3차에서는 빠지는 경우가 많았다.

"난 가련다."

"나쁜 놈의 시키."

"그러면 술 안 먹는 모임을 만들든가."

"내가 한번 만들고 만다."

친구들은 툴툴거리면서 3차를 갈 사람들끼리 뭉치기 시작했다. 노형진은 그걸 보면서 싱긋 웃더니 방향을 돌려서 집으로 향했다.

'뭐, 가끔은 이런 것도 나쁘지는 않지.'

바쁜 일상에서 친구들을 만나는 것이 나쁜 일은 아니기 때문에 노형진은 즐거운 마음으로 그곳을 나왔다. 내일이면 다시 일에 집중할 수 있을 거라 생각하면서 말이다.

⚖

다음 날, 노형진은 언제나처럼 출근해서 다음 사건을 준비하고 있었다.

"일단…… 이 사건은 조만간 결심이 나올 것 같고……."

서류를 정리하면서 이런저런 생각을 하는 노형진에게 때마침 전화가 왔다.

"응? 문식이 아냐?"

석문식은 어젯밤에 헤어진 친구였다. 친하기는 하지만 어제 보고 이 이른 아침 시간에 또 전화할 만큼은 아니었다.

"여보세요. 문식이냐? 이 시간에 어쩐 일이야?"

─야, 우리 좆 되어 버렸다.

"좆 되다니 무슨 소리야?"

─우리, 사기당한 것 같아.

"사기? 뭔 소리야. 친구들끼리 무슨 사기를 당해?"

－씨발, 우리가 4차 갔는데.

"갔는데?"

－술값이 무려 1,200만 원이 나왔다.

"뭐?"

노형진은 자신의 귀를 의심했다. 술값으로 1,200만 원이
나 나올 리 없지 않은가?

"뭔 놈의 술을 그렇게 많이 마셨어?"

－그게 아니라…… 아오, 진짜. 우리가 3차까지만 가려고
했거든.

아무리 친구가 좋아도 다들 다음 날이면 출근해야 하는 사
람들이었기 때문에 3차 정도에서 끝내려고 했다고 한다. 그
런데 3차에서 술이 과했는지 다들 정신을 못 차렸다고 한다.

"그런데?"

－그런데 우리는 기억을 못 하는데 어느 사이엔가 모텔에
와 있는 거야.

그리고 그의 눈에 보인 것은 현금 서비스를 받은 기록과
부모님들에게서 온 엄청난 양의 전화들.

'당했구나.'

노형진은 그 소리를 듣고 바로 무슨 상황인지 알아차렸다.
그리고 상대방 역시 무슨 일인지 알아차린 모양이었다.

"그래서 어떻게 된 거야?"

-도대체 어떻게 된 건지 모르겠어…….

-왜 1,200만 원이나 썼는지 모르겠어. 술집에 간 것 같기는 한데 그것도 기억이 확실하지 않고.

"몇 명이나 갔는데?"

-네 명.

"헐."

결국 한 사람당 300만 원씩 뜯겼다는 소리가 된다. 노형진은 기가 막혀서 말이 안 나왔다.

"경찰에는 갔어?"

-그렇기는 한데…… 여기 경찰서야. 그런데 증거가 없으면 자기들은 아무것도 할 수가 없다고…….

'이런 미친놈들.'

경찰은 수사해서 증거를 모으는 게 임무다. 그런데 증거가 없다고 수사를 안 하다니.

"그래서 지금 뭐 하고 있는데?"

-일단 지금 경찰서 앞이야.

"내가 바로 갈게. 기다려."

-빨리 좀 와. 염병할. 지금 카드값 때문에 집에서 전화 오고 난리야.

노형진이 사회생활을 하긴 하지만 대부분의 사람들은 아직 그럴 때가 아니다. 일반적으로 노형진 나이면 대부분은 대학에 있다. 특히 남자라면 말이다.

결국 그들이 가지고 있는 카드는 부모님의 카드라는 뜻인데 집으로 통지가 갔으니 난리가 날 수밖에 없다.

　"기다려. 바로 갈게."

　노형진은 바깥으로 바로 나가려고 하다가 막 들어오던 손채림을 만났다.

　"어, 어디 가?"

　"석문식이가 일이 생겼단다."

　"일이라니?"

　"술집에서 약을 탄 것 같아."

　"약?"

　손채림 역시 그런 소식을 알고 있었기 때문에 바로 알아들었다.

　"얼마나 뜯겼는데?"

　"1,200만 원."

　"뭐?"

　"네 명이서 뜯겼대."

　"미친 거 아냐?"

　손채림은 기가 막히다는 얼굴이 되었다.

　"잘하는 짓이다. 쯧쯧."

　손채림 역시 그들과 동창이다. 그러니 그들이 아무리 미쳐도 그 정도로 술을 먹을 사람이 아니라는 것을 알고 있다. 이제 대학 졸업반인 사람이 무슨 술을 그렇게 먹겠는가?

"같이 가자."

"너도?"

"어차피 이건 우리가 같이 해결해야 하는 거 아니야?"

"하긴……."

이런 사건은 절대로 그냥 달라고 해서 해결할 수 있는 사건이 아니다.

'이거 참 골 때리는구먼.'

노형진으로서는 이 사건을 어떻게 해결할지 생각이 많아질 수밖에 없었다.

⚖️

"어, 너희가 왜 같이 와?"

"같이 일한다."

"응?"

같이 일한다는 사실을 몰랐던 친구들은 어리둥절했다. 하지만 손채림의 다음 말에 풀이 죽은 듯 고개를 숙였다.

"지금 중요한 건 그게 아닐 텐데? 어쩌다가 당한 거야?"

"아……."

"망할……."

다들 고개를 푹 숙였고 석문식이 대표로 상황을 설명했다.

"아까도 말했지만……."

3차까지 간 후에 다들 휘청거리면서 집으로 갔는데 그 후에는 기억이 안 난다는 것이다.

　"한 가지 기억나는 건 누군가 우리를 부축해서 끌고 갔다는 것."

　"끌고 가?"

　"그래."

　"아니, 거기에 끌려갔다고? 네 명이?"

　"그러니까…… 우리도 돌겠다고."

　기가 막혀 하는 그들을 보면서 손채림이 어이없어하자 노형진은 그런 그녀를 말렸다.

　"그 녀석들은 취한 사람만 노리거든."

　"취한 사람?"

　"그래, 너도 뉴스에서 많이 봤을 거 아냐?"

　"그건 그렇지."

　"그런데 그 사람들이 바보라서 거기에 당하겠어?"

　"그건 아니겠지."

　"그 녀석들이 도가 튼 거야."

　이런 방식의 범죄는 무척이나 간단하다.

　술에 취해서 제대로 정신 못 차리는 사람을 마치 부축하는 척해서 자신의 술집으로 끌고 간다. 그 후에 결제하게 만드는 것이다.

　"아니, 카드 취소 안 되는 거야? 전화해서 취소하면 되잖아?"

"그 녀석들은 바보가 아니야."

카드는 긁으면 정해진 출금일에 돈이 빠져나간다. 그렇기 때문에 카드 회사에 전화해서 바로 막을 수 있다. 그러나 그 점은 그 녀석들도 안다는 것.

"술에 취해서 해롱대는 사람들에게 계속 카드 비밀번호를 물어. 그리고 현금 서비스를 받지."

"헐."

"카드는 막으면 그만이니까."

체크카드는 그 안에서 돈을 꺼내고 신용카드는 현금 서비스를 받는다. 그런 식으로 상대방에게서 돈을 갈취하는 것이다.

"그런데 경찰이 놔둬?"

"그건 나중에 이야기하자. 일단 급한 게 있으니까."

"급한 거?"

"그래, 너희들 지금 거기서 나온 지 얼마나 된 거야?"

"한…… 세 시간 좀 넘은 것 같아."

노형진은 고개를 끄덕거렸다. 그 정도면 다행히 가능한 시간이었다.

"당장 병원부터 가자."

"병원? 웬 병원?"

"우리는 다친 게 아닌데?"

그들은 고개를 갸웃했다. 누군가 맞았다면 병원을 가는 게 맞지만, 맞은 사람은 아무도 없었기 때문이다.

"다친 게 아니라 피 때문에 그래."

"피?"

"그래, 아무리 술에 취했다고 해도 사람들이 비밀번호를 그렇게 쉽게 말할 것 같아? 그리고 그걸 말한 후에 술에 취해서 잠든다고? 너무 쉽지 않아?"

"설마?"

"대부분 그런 곳에서는 약을 타기 마련이지."

"아!"

그런 술집들은 제대로 장사하는 게 아니라 술에 약을 타서 먹인 뒤에 돈을 갈취한다.

"'물뽕'이라고 불리는 그 약들은 스물네 시간 정도가 지나면 몸 안에서 사라져. 가장 강력한 증거가 사라지는 셈이지. 그래서 그 전에 검사해서 약을 썼다는 것을 알아내야 해. 놈들이 노리는 것도 그거고. 그 녀석들이 왜 겁만 주고 안 때리는지 알아?"

때리면 병원을 가게 된다. 그리고 병원에서는 혈액을 채취해서 검사한다.

"그 검사에서 약이 걸리거든."

"아."

노형진은 그들을 데리고 바로 병원으로 달려갔다.

그리고 그들이 검사하는 사이 이번 사건을 해결할 수 있는 방법을 구상했다.

"잡을 수 있을까?"

"일단 저 녀석들이 술집을 기억하지 못한다는 게 가장 큰 문제야."

"카드를 긁었다면서?"

"현금 서비스를 받은 거지. 이런 짓을 하는 새끼들은 절대로 자기 가게에서 안 긁어. 그런 놈들은 초짜고, 경찰에 잡히는 놈들은 대부분 그런 놈들이야."

"그래?"

"그래, 이것도 일종의 공생 관계나 마찬가지거든."

아무것도 모르는 초짜 범죄자들은 카드로 자기네 가게에서 긁어 버린다. 그러나 그런 경우는 대부분 경찰이 쉽게 잡아낼 수 있고 또 증거도 있다.

"그런데 이런 타입의 녀석들은 초짜가 아니야. 한두 번 해 본 게 아니라는 거지."

증거를 남기지 않기 위해 자기네 가게에서 절대로 긁지 않는다.

"심지어 자기네 가게 주변의 현금인출기도 안 써."

"그게 무슨 소리야?"

"돌아다니면서 출금하는 녀석이 따로 있다는 거지."

걸어 다니는 게 아니라 아예 오토바이를 타고 돌아다니면서 주변 은행이나 입출금기에서 랜덤하게 돈을 뽑아내는 것이다.

"그래야 자기네 위치가 탄로 나지 않으니까."

"그 정도야?"

"이런 짓거리 하는 놈들이 과연 하루에 한두 명만 잡을까?"

"그렇겠구나."

당한 사람들은 대부분 경찰서로 가서 신고할 것이다. 하지만 대부분 또 그걸 포기하게 될 것이다.

"못 잡으니까. 아예 안 잡는 것도 있고."

"안 잡는다고?"

"경찰이 과연 진짜 수사 방법이 없어서 안 잡는 것 같아?"

"쩝……."

손채림은 알겠다는 듯 입맛만 다셨다.

그녀가 새론에서 일한 것이 오래되지 않았지만 경찰이라는 조직의 무능한 모습을을 믿음을 잃어버릴 만큼 충분히 봐왔기 때문이다.

"아무리 경찰이 무능하다고 해도 피해자가 백 단위를 넘어가는데 수사를 안 한다는 건 말이 안 되지, 일반적으로는."

"로비인가?"

"뻔한 거 아냐? 신고자가 백 단위는 넘어가는데 왜 수사를 안 하겠어?"

석문식 일행의 사건의 경우 일단 접수하고 미결로 넘기는 게 아니라 아예 방법이 없다고 못을 박아 버렸다. 이는 즉, 접수 자체를 하고 싶지 않다는 뜻이다.

"일반적으로 미결로 넘기면 자기네 인사고과가 떨어지니까."

그러니 어떻게 해서든 사건을 받고 싶지 않은 것이다.

"아우……."

때마침 바깥으로 나오는 친구들의 모습에 노형진은 그들에게 다가갔다.

"어때?"

"머리 아파 죽겠어."

"약의 부작용일 거다. 한 이틀 쉬면 괜찮을 거야."

"씨발…… 이틀이 아니라 오늘 집에 가면 죽을 것 같은데?"

무려 300만 원씩 털렸으니 집에 가면 무슨 소리를 들을지 뻔하다.

"그 부분은 걱정하지 마. 내가 알아서 처리할게. 사실대로 말해. 나한테 맡겼다고 하면 부모님은 뭐라고 안 할 거야."

"그건 또 그거 나름대로 문제다, 이 엄친아 녀석아."

"하하하."

그들의 말에 노형진은 머쓱하게 웃을 수밖에 없었다.

"역시나. 물뽕이야."

노형진은 검사 결과를 보면서 고개를 끄덕거렸다.

"물뽕?"

"그래, 정식 명칭은 'GHB'인데 한국에서는 속칭 '물뽕'이라고 하지."

액체 상태인 무색무취의 마약이다. 기존의 마약은 투여자가 쾌락을 목적으로 자가 투여를 하는 것이 보통인 반면, 이 물뽕은 상대방을 기절시키는 것을 목적으로 쓰인다.

"그래서 속칭 '데이트 강간 약'이라고도 하지."

물뽕에 취하면 환각을 보고 정신을 잃으며 지난 시간을 기억하지 못한다. 그렇기 때문에 강간이나 이런 방식의 범죄에 많이 사용된다.

"기절하면 카드 비밀번호를 말하지 못하는 거 아니야?"

"기절은 많이 먹었을 때의 이야기야. 보통은 비몽사몽한 상태가 되지."

"그런다고 카드 비밀번호를 말한다고?"

"인간의 뇌는 통제력을 상실하면 마구 정보를 뱉어 내거든."

자백제라는 약도 특정 정보를 캐내는 것이 아니라 뇌의 통제력을 상실시켜서 자신의 의사와는 상관없이 이런저런 말을 하게 만드는 것이다.

"그리고 그런 상황에서 지속적으로 질문하면 뇌에서는 관련 정보가 나오게 되어 있지. 그게 자백제야."

"물뽕하고 비슷하네."

"그렇지."

노형진은 얼굴을 찡그리면서 말했다.

"이제 경찰에 신고할 거야?"

"할 수야 있지. 하지만 과연 그런다고 나올까?"

"그럴 리 없지."

손채림조차도 코웃음을 쳤다.

"그렇지. 그럴 리 없지."

이런 업소는 경찰의 비호가 없으면 절대로 생존하지 못한다. 카메라가 있기 때문에 피해자의 동선을 찾을 수가 있고, 제대로 수사하면 분명히 그 위치를 찾을 수 있다. 그런데 언제나 미결로 끝난다는 것은 비호를 받고 있다는 뜻이다.

"이건 법정에서 쓸 거야."

"그러면?"

"일단 그 가게를 찾아야지."

노형진은 자리에서 벌떡 일어났다.

"자, 이제 발로 뛸 시간이다."

⚖️

"역시나."

사람들의 행적을 추적하는 가장 좋은 방법은 다름 아닌 CCTV를 이용하는 것이다. 하지만 그걸 이용하기 위해서는 경찰의 허가가 필요한데 그게 나올 리 없었다.

"이건 생각보다 곤란한데?"

사람들은 경찰이라고 하면 무조건 CCTV를 볼 수 있다고 생각하지만 현행법상 아무리 경찰이라고 해도 그걸 보는 것은 엄격하게 제한되어 있어서 상부의 허가를 얻어야 한다.

그나마 그동안은 사건이 명확하게 인식되고 또 경찰도 수사 해결의 의지가 있었기 때문에 노형진이 요청하면 피해자에 대한 협조 차원에서 보여 주기도 했지만 이번에는 전혀 아니었다.

"절대 안 된다는 게 말이나 돼?"

"법적으로는 말이 돼. 그게 법이다."

"아니, 우리는 피해자 측이잖아? 피해자가 자기네 움직임을 확인해 보고 싶다는데?"

"어쩔 수 없잖아. CCTV가 피해자만 찍는 건 아니니까."

피해자들을 찍기 위해서는 다른 사람들도 찍어야 한다. 그러니 경찰의 입장에서도 다른 사람들을 보여 주는 것은 부담을 가지는 것이다.

"여기야."

노형진이 이런 생각을 하는 사이에 석문식은 어떤 위치까지 그와 손채림을 데리고 왔다.

"내가 기억하는 곳은 여기야."

"흠."

자신들이 술을 먹던 번화가에서 좀 떨어진 곳에 있는 위치였다. 술집도 이제는 없고 한산하고 사람들이 잘 안 다니는 곳.

"이런 곳에 술집이 있을까?"

"있을 거야."

손채림은 허름한 주변을 보고 고개를 갸웃했지만 노형진은 도리어 그걸 보고 확신을 가졌다.

"이런 업자들은 오래 영업을 안 해. 그리고 어차피 정상적인 방식으로 돈을 벌 생각이 없기 때문에 아주 번화한 자리는 찾지 않아. 비싸거든, 증인들도 많고."

"그럼?"

"그런데 여기는 위치가 참 애매해."

번화가에서 살짝 벗어났음에도 불구하고 그것만으로도 을씨년스러울 정도로 조용했다. 밤중인데도 불구하고 보이는 것은 술에 취해서 해롱대고 있는 취객들뿐이었다.

"아니, 골목 몇 개 차이인데 왜 이렇게 여기는 썰렁해?"

"상대적인 거니까."

"상대적?"

"그래."

번화가가 옆에 있다 보니 유동인구가 그쪽으로 모조리 흡수되는 것이다. 더군다나 번화가와 상대적으로 비교되면서 왠지 느낌이 좋지 않으니 사람들은 더더욱 이쪽으로 오지 않게 된다.

"번화가 뒤쪽에 가면 사람들이 잘 안 다니는 을씨년스러운 골목. 그런 곳이 놈들이 노리는 곳이야."

손님도 없고 카메라도 별로 없다.

하지만 술에 취해서 해롱거리는 사람들을 잡는 것은 쉬운 일이며 상대적으로 세도 저렴하고 또 빈자리를 구하는 것도 쉽다.

"그러니까 나도 여기까지는 기억나는데 그 후에는 기억이 안 나."

석문식은 어깨를 으쓱했다. 자신이 아무리 기억을 더듬어도 이 이후부터는 기억이 나지 않는 것이다.

"아마도 약의 부작용 때문일 거야."

물뽕은 기억을 통째로 날려 버리기 때문에 아무리 노력해도 기억이 날 리 없다.

"그러면 함정수사를 하는 건 어때?"

"함정수사?"

"그래, 취객을 노리는 놈이라면 우리가 취객인 것처럼 하는 거야."

손채림은 나름 좋은 생각이라는 듯 의견을 냈지만 애석하게도 그건 불가능한 방식이었다.

"아마 안 될걸?"

"아니, 왜?"

"우리가 오면서 경찰서에 들렀잖아."

"그런데?"

"경찰이 우리가 추적한다는 소리를 안 했을 것 같아?"

"엉?"

"일반인이 신고하는 거야 무시할 만한 일이지만 변호사가 끼어서 추적하는 것은 전혀 다른 문제거든."

"아!"

가해자들에게서 뇌물을 받는 타락한 경찰 중 최소한 한 명은 자신들이 추적 중인 것을 그들에게 알려 줬을 가능성이 농후하다.

아니, 확신해도 된다. 그렇다면 남은 것은 그들의 행동이다.

"그들로서는 아무래도 위험하니까 당분간은 잠수를 타려고 하겠지."

"끄응…… 그럼 경찰에 신고하지 말았어야 하나?"

"그렇게 되면 아예 사건 자체가 접수가 안 된다는 말인데, 그러면 우리가 나중에 고발할 때 다른 말이 나올 수도 있어서 말이지. 어찌 되었건 공식적으로는 경찰에 접수할 수밖에 없어."

"큭."

"그리고 그런 삐끼가 거기만 있는 게 아니고 말이지."

"응?"

"설마 그런 업소가 한 곳만 있겠어?"

"더 있다고?"

조용히 듣고 있던 석문식은 입을 쩍 벌렸다. 자신들만 있는 줄 알았는데 더 있을 거라고는 생각하지 못했던 것이다.

"이런 방식으로 영업하는 놈들은 화전민 같은 삶은 살아가는 게 보통이야. 그 지역을 홀랑 태워 먹고 자기는 뜨면 그만인 거지. 말 그대로 기생충 같은 놈들이야. 절대로 혼자서 안 하지."

누군가 그 방식을 썼는데 그곳 경찰이 깨끗하고 투명한 곳이면 당연히 순식간에 잡혀간다. 그런 곳은 이런 업소가 생기지 못한다.

"하지만 반대의 경우는 마치 자석이 쇳가루를 불러오는 것처럼 달라붙지."

한 곳에서 뇌물을 받고 모른 척해 준다고 하면 업소들은 그곳으로 몰려든다. 자기들끼리 정보 라인이 있기 때문이다.

그리고 경찰은 그런 업소가 많아지면 들어오는 뇌물도 많아지기 때문에 더더욱 좋아한다.

"문제는 그런 녀석들은 이 상권을 작살낸다는 거지."

이런 식으로 술에 약을 타는 업소가 많아지면 그 지역에 대한 안 좋은 소문이 돌기 마련이니 사람들은 그곳이 아닌 다른 곳에서 보려고 한다. 그렇게 되면 기존에 있던 업체들은 엄청난 피해를 입을 수밖에 없다.

"아니, 경찰이 왜 그걸 놔둬?"

"정상 업체들은 자기들한테 뇌물을 줄 이유가 없잖아? 그러니까 놔두는 거지."

"끄응……."

"그리고 상권이 발달한다는 건 경찰의 입장에서는 일거리가 늘어난다는 뜻이거든."

경찰의 입장에서는 좋을 게 하나도 없다는 뜻이다.

상권이 발달한다고 해서 인력이 많이 충원되는 것도 아니고, 그렇다고 수당을 더 주는 것도 아니다.

툭하면 취객에, 싸움에, 매일같이 사건 사고가 터진다. 거기에다가 상권이 발달하면 가장 먼저 들어오는 놈들이 바로 조폭들이다.

"그런 녀석들하고 싸우려면 골치 아프니까. 그리고 그런 녀석들은 대부분 조폭하고 연계되어 있거든."

결국 그들은 그들과 타협하는 것이다.

"조폭?"

"그래, 이런 약을 타는 가게들은 대부분 조폭과 연관되어 있다고 보면 돼. 그러니까 한꺼번에 몰려오지."

대한민국은 아직은 마약 청정국 위치를 지키고 있다. 이게 무슨 뜻이냐면 상대적으로 마약을 구하기 쉽지 않다는 것이다.

"그들을 턴다는 것은 결과적으로 그 뒤에 있는 폭력 조직과도 싸워야 한다는 건데, 싸우겠어?"

"음⋯⋯."

"어어⋯⋯."

노형진의 말에 석문식이 움찔했다. 설마 조폭까지 연관되어 있다고는 생각도 못 했던 것이다.

"설마⋯⋯ 우리한테⋯⋯."

"그러지는 않을 거야. 그래서 새론이 전면에 나서는 거니까."

만일 석문식과 같은 일반인이 전면에 나선다면 조폭들도 그들을 구타하거나 협박해서 수사를 막을 것이다.

"새론쯤 되면 조폭들도 그러지는 못하지."

변호사라고 하지만 법률가들이고 한편으로는 검사 출신도 있다. 그들이 공격받았을 때 검사들과 법원이 가만있을 리 없다. 그들도 미래에는 변호사가 될 테니까.

"그러면 이제 그들을 어떻게 찾을 거야?"

"이미 찾고 있어."

"응?"

"내가 왜 경찰에 갔을 것 같아?"

"무슨 소리야?"

"아까 말했잖아, 내가 경찰에 가서 신고해서 그쪽으로 정보가 갔을 거라고."

"그랬지."

"내가 사전에 그걸 몰라서 안 갔을까?"

"응?"

생각해 보니 그렇다. 노형진이 사전에 그걸 몰랐을 리 없다.

그런데 노형진은 경찰서에 가서 마약이 혈액에 나타난 것까지 증거로 제출하면서 정식으로 접수했다. 당연히 경찰의 입장에서는 마약까지 동원된 범죄이므로 접수를 안 할 수가 없다.

"그러니까 그들은 우리가 조사 중인 걸 알았을 거야."

"그런데?"

"그래서 아까 말했잖아, 분명히 잠수 탄다고. 오늘은 금요일이야. 장사가 가장 잘되는 날이지. 불금이라는 말이 달리 생긴 건 아니잖아?"

노형진은 그렇게 말하면서 고개를 오른쪽으로 돌렸다. 그리고 거기에는 불이 꺼진 간판이 보였다.

"아!"

그걸 본 석문식은 바로 알아차렸다.

"이 금요일 밤에 왜 쉴 것 같아?"

불이 꺼진 간판. 그리고 거기에 있는 '금일 휴업'이라는 종이.

손채림은 노형진이 왜 경찰서에 들렀는지 바로 알아차렸다. 경찰서에서 그들에게 조사한다는 사실을 알려 준다는 것은 기정사실.

"도둑이 제 발 저린다, 이건가?"

"그래."

경찰서에 접수하고 바로 이곳으로 왔다. 그리고 지금쯤이면 그들에게 자신들이 그곳을 찾고 있다는 사실이 전달되었을 것이다.

"그들의 입장에서는 영업하면서 모른 척하는 방법과 아예 영업을 안 하는 방법이 있지. 하지만 일반적으로 사람들은……."

"후자를 고르겠지."

전자는 혹시나 피해자가 진짜로 기억해 낼 수 있을지도 모르거니와, 일단 증거가 없다고 해도 그런 식으로 싸움이 나면 영업을 못 하는 건 마찬가지다.

"그러니까 그들의 입장에서는 아예 쉴 거야."

"그래서?"

"그래, 경찰은 그냥 미끼야."

그리고 그렇게 미끼를 문 업체를 찾는 것은 어려운 일이 아니다. 금요일에 쉬는 술집은 그다지 많지 않으니까.

"하지만 한두 곳이 아닌데?"

아무리 금요일이라고 하지만 쉬는 가게가 아예 없지는 않다. 그러니 그중에서 한 곳으로 고르라고 하는 것은 쉬운 일이 아니다.

"일단 가장 먼저 볼 것은 업종이야."

"업종?"

"이들에게 청구된 가격은 1,200만 원이야. 설마 삼겹살집에서 그 정도로 먹지는 않았겠지?"

"그렇겠네."

더군다나 삼겹살집이나 술집, 아니면 호프집은 일반인도 많이 가는 곳이다.

하지만 이 술집은 일반인이 가지 않는 술집인 만큼 그들이 절대로 사람들이 쉽게 올 수 있는 식당을 열진 않았을 것이다.

"아마도 룸살롱일 테지. 그 가격을 맞추려면 일반적인 소주나 맥줏집으로는 턱도 없을 테니까."

"그렇겠네."

아무리 여기에 가게가 많다고 해도 대부분은 일반적인 가게들이다. 그러니 그들을 빼고 나면 그 숫자는 확 줄어들 수밖에 없다.

"그 후에 봐야 하는 건 간판이야."

"간판?"

"그래, 이런 곳은 일반 손님이 들어오면 곤란하거든. 룸살롱이 고가의 술집이라 사람들이 잘 안 가기는 하지만 진짜로 룸살롱에 술 먹으러 다니는 사람들이 존재하니까. 문제는 그런 사람들이 돈이 있는 사람일 가능성이 높다는 거야. 즉, 섣불리 약을 탔다가는 문제가 될 가능성이 무척이나 높다는 거지."

"그래서?"

"그러니 그들을 막기 위해 간판이 애매해야 할 거야."

"애매하다?"

노형진의 말에 손채림은 고개를 갸웃했다.

그런 술집에 다녀 본 적이 없다 보니 그 애매하다는 말이 전혀 감이 오지 않았기 때문이다.

"정체를 알 수 없다고 해야 하나?"

"정체?"

"그래. 간판에는 그 집의 정체성이 녹아 있기 마련이거든."

가령 삼겹살집 간판에는 돼지 그림이 그려져 있거나 횟집 간판에는 바다나 일본식 지명이 들어간다는 식이다.

룸살롱 같은 경우는 어떤 타입의 룸살롱인지 알 수 있게 가게 이름 아래에 가라오케나 룸이라는 설명이 붙어 있는 것이 보통이다.

"아마도 그 가게 간판에는 이름만 덜렁 있고 아무런 설명도 없을 거야."

"아…… 저곳처럼?"

석문식은 바로 알아차리고는 한 곳을 가리켰다. 거기에는 간판에 '크레파스'라는 이름만 덩그러니 있을 뿐 아무런 설명도 없었다. 심지어 불까지 꺼져 있었다.

"어, 설마 저기 아냐?"

무슨 형태인지 대충 알게 된 손채림은 바로 찾았나 하는 생각에 흥분했다. 하지만 노형진은 그걸 보고 고개를 흔들었다.

"저곳은 아니야."

"응?"

"입구에 이것저것 쌓인 게 많이 있잖아. 전단 같은 쓰레기도 있고. 영업하던 곳이라면 저런 게 있을 리 없지. 아마 저곳은 영업을 안 하는 곳일 거야."

"대충 알겠네."

확실히 철문에는 이런저런 전단이 가득 붙어 있고 입구 바로 아래에는 일수 명함이나 성매매 명함 들이 바닥에 널려 있었다. 당연히 매일같이 가게를 여는 곳이라면 저런 걸 놔둘 리 없다.

"그러면 입구가 깨끗한 곳을 찾으라, 이거지?"

"그래, 그 세 가지 조건을 모두 충족시키는 곳은 많지 않을 거야."

"좋았어."

"찾아내고 나서 바로 연락해. 그곳에 들어갈 생각은 하지 말고."

"왜?"

"조폭이 관련된 일이야. 어슬렁거리면서 들어가려고 하면 분명히 문제가 생길 거야."

이곳은 넓다. 그러니 서로 흩어져서 찾아야 한다.

"어…… 나도?"

"그래."

"하지만……."

"그들이 널 기억할 것 같아? 아마 기억 못 할걸? 찾으러 다니면서 주변을 봐 봐. 기억이 날지도 모르니까. 그리고 그걸 가지고 널 위협하지는 않을 테니까 걱정하지 말고."

석문식은 조심스럽게 고개를 끄덕거렸다.

"자, 그러면 흩어져서 찾아보자."

드디어 그들을 잡기 위한 첫 번째 추적이 시작되었다.

"역시."

그렇게 그 지역을 찾아다닌 결과, 그렇게 닫혀 있는 의심스러운 업소는 총 네 곳이었다.

정체 모를 술집은 굳게 닫혀 있었는데, 그들의 위치는 카메라도 없는 구석진 골목의 안쪽에 술집을, 그것도 룸살롱을 열기에는 턱도 없이 부족해 보이는 곳이었다.

"어차피 술에 취한 사람들을 데리고 오는 곳이니까 위치는 상관없겠지."

노형진은 화면을 보면서 말했다.

화면에는 그 술집의 입구가 보이고 있었다. 그리고 그 앞으로 왔다 갔다 하는 사람들.

실시간으로 찍어서 보내는 영상이었던 것이다.

"왜, 그냥 들어가지 않고?"

"증거가 없잖아."

"물뽕이 있잖아?"

"물뽕은 피해자라는 증거지, 가해자라는 증거는 아니야. 저 녀석들이 저 안에다가 물뽕을 보관한다는 법도 없고."

"끄응……."

손채림은 생각보다 까다로운 상황에 얼굴을 찌푸렸다. 자신이 생각하는 것보다 이번 사건이 까다로웠던 것이다.

"어쩔 수 없어. 이건 공권력이 끼면 금방 해결되는 문제이기는 한데, 그 공권력이 끼는 걸 거부하니까."

"그래서 이렇게 마냥 보고 있어야 하는 거야?"

"마냥은 아니지."

"응?"

"마냥은 아니야. 내가 왜 카메라를 설치했는데."

"글쎄, 가게가 연 것 확인하려고?"

"아니, 세상은 기브 앤드 테이크거든."

"기브 앤드 테이크?"

"그래."

노형진은 그저 물끄러미 그 화면을 바라볼 뿐이었다.

그렇게 몇 시간이나 지났을까.

한 무리의 사람들이 이쪽으로 오는 것이 보였다. 그런데 그들의 모습은 지금까지 거기에 들어가던 사람들과는 확연하게 달랐다.

"뭐지?"

노형진은 그 업소의 입구에 작은 송출형 카메라를 설치해 그곳에서 일어나는 모든 일을 촬영하고 있었다. 그렇게 며칠 간 아무것도 안 하고 기다리고 있었는데 드디어 기다리던 자들이 나타난 것이다.

"저 사람들, 취하지 않았는데도 들어가는데? 가게를 잘못 들어간 거 아냐?"

"그럴 리가 있나. 입구에 있던 경비가 인사하는 거 보이지?"

"어? 그러네?"

입구에는 마치 한량처럼 보이는 사내가 서서 느긋하게 주변을 둘러보다가 그들이 나타나자 고개를 팍 숙여서 인사하는 것이 보였다.

"저들이 조폭?"

노형진은 분명히 저들이 조폭들과 연계되어 있다고 했다. 그렇다면 그들이 조폭일 가능성이 높다.

"아니, 그건 아니야."

"일반 손님인가?"

"그럴 리 없지."

노형진은 씩 웃으면서 뭔가를 꺼내서 손채림에게 건넸다. 그건 경찰의 조직도를 출력한 종이였고 거기에는 사람들의 얼굴이 같이 찍혀 있었다.

"어?"

그걸 본 손채림은 깜짝 놀랐다. 지금 들어간 손님 중 두 명 정도를 그 안에서 발견한 것이다.

"어떻게 된 거야?"

"기브 앤드 테이크. 우리가 찾는 것을 알려 줬으니 뭔가 보답을 받아야지."

"큭."

노형진의 말에 손채림은 신음을 냈다.

여기서 보답이라는 것은 단순히 감사의 인사는 아닐 것이다. 돈이 될 수도 있고 성 접대가 될 수도 있다. 어쩌면 둘 다일 수도 있다.

"내가 노린 건 저거야."

"접대 영상 말이야?"

"그래."

나중에 자신들이 모든 걸 조사해서 가지고 간다고 해도 경찰이 수사를 안 하면 그만이다.

"하지만 이걸 공개하면 경찰의 입장에서는 아무 말도 못하지."

특히 사이가 안 좋은 검찰을 통해 수사를 시작한다면 경찰의 입장에서는 찍소리도 못 하고 끌려다닐 수밖에 없다.

"끝내주네."

거들먹거리면서 지하로 들어가는 경찰들을 보면서 손채림은 여러 가지 의미를 담아서 중얼거렸다. 노형진의 능력이 끝내준다는 의미인지, 아니면 나라 꼴이 참 끝내준다는 의미인지 알 수는 없었지만 말이다.

"일단 이 영상이 있으면 이 사건이 저들에게 배당되지는 않을 거야."

검찰에 사건을 넣어 봐야 어차피 다시 경찰로 돌아온다. 그리고 이렇게 경찰이 저들과 함께하는 경우라면 배당되어 봐야 제대로 수사될 리 없다.

'그리고 이런 경우는 대부분 검찰이나 법원까지 선이 닿아 있기 마련이지.'

하지만 증거가 있으면 이야기는 달라진다. 증거가 있다면 저들은 사건을 무시하지 못하게 된다.

"그러면 접대하는 저곳이 석문식이 먹었던 곳일까?"

"모르지. 하지만 같은 조폭들의 계열사인 것은 확실해."

석문식이 술을 먹은 곳에서 접대하라는 법은 없다. 하지만 확실한 것은 동일한 녀석들이 영업하는 곳이라는 것이다.

"그리고 누군지 저들은 안다는 거지."

노형진은 거들먹거리면서 안으로 들어가는 경찰들을 보면서 미소를 지었다.

"자, 이제 본격적으로 저 녀석들을 털어 보자고."

"가장 먼저 잡아야 할 놈은 삐끼야."

"삐끼?"

"그래."

삐끼는 일반적으로 손님을 끌어오는 녀석들을 말한다.

문제는 어떤 지역이든 삐끼가 활동하기 시작하는 상권은 몰락의 징후를 보인다는 것이다.

그리고 이 경우 삐끼는 단순히 손님을 끌어오는 게 아니라 말 그대로 자신들의 희생양을 고르는 녀석이기도 했다.

"아니, 그게 무슨 의미가 있는데? 삐끼는 삐끼일 뿐이잖아?"

"그렇지. 하지만 삐끼는 그 가게가 어디 있는지 알고 있지."

"응?"

"우리가 알아낸 네 곳은 같은 조직이라고 하지만 현행법상으로는 서로 다른 공간이야. 우리가 다 조사할 수가 없지. 법적으로도, 물리적으로도."

"그래서?"

"하지만 삐끼를 잡을 수만 있다면 그 장소를 특정할 수 있어. 그리고 그곳에 대해서는 압력을 행사할 수 있지."

"압력이라……. 그건 알겠는데 삐끼가 누군 줄 알고?"

애초에 맨 처음 함정수사가 안 된다고 한 건 노형진이다. 더군다나 석문식을 비롯한 친구들은 그때 이미 고주망태가 되어 있어서 누군지 알아볼 수 있는 상황이 아니었다.

"삐끼는 다른 놈들과 달리 외부에 드러날 수밖에 없지."

"외부에 드러날 수밖에 없다고?"

"그래, 번화가 내부에 들어가서 직접 손님을 끌고 와야 하니까."

"하지만 경찰이 CCTV를 안 보여 주잖아?"

"그건 그렇지. 하지만 너, 그곳에 얼마나 많은 카메라가 있는지 알면 놀랄걸?"

번화가라는 곳은 매일같이 술을 먹는 사람들이 넘쳐 나는 곳이다. 당연히 술을 진탕 먹고 술주정을 하는 사람들도, 사건 사고도 많다.

"국가 소속의 CCTV라면 우리는 볼 수 없어. 하지만 민간 소속의 자산이라면 이야기는 달라지지, 후후후."

그들은 적당한 비용만 지불한다면 기꺼이 자신들이 가진 영상을 공유해 줄 것이다.

"그러니 그 영상을 찾는 것부터 시작하자고."

그렇게 그날의 영상을 찾기 시작하자 얼마 지나지 않아서 해당 영상을 찾는 데 성공했다.

"우리 집이 코너에 있다 보니 별 미친놈이 많아서 말이지요."

"이해합니다."

살짝 변명 비슷하게 하는 건물주. 그러나 그건 불법이 아니기 때문에 노형진도 뭐라고 하지 않았다.

애초에 그건 당연히 자기 재산을 지키기 위한 행동이었다. 게다가 자신들이 그 덕을 보기도 했으니까.

'술주정뱅이들 덕분이구먼, 하하하.'

그의 건물은 코너에 있다. 즉, 번화가에서 그 골목으로 들어가는 딱 그 위에 있다는 것이다.

문제는 술에 취한 녀석들이 그 뒤로 가서 오바이트를 하거나 오줌이나 똥을 싸기도 하고, 심지어는 건물 뒤에 있는 차량까지 파손시키는 통에 죽을 맛이었다는 것.

그래서 범인을 잡기 위해 건물주가 카메라를 달아 둔 것이다.

"그나저나 약속은 지키는 거죠?"

"그럼요?"

아무리 건물주라고 하지만 50만 원이 적은 돈은 아니었기 때문에 당연히 노형진의 부탁을 들어주기로 한 것인데, 노형진은 그 카메라를 통해 삐끼의 얼굴을 확인할 수 있었다.

"빙고."

그를 본 노형진의 얼굴에 미소가 떠올랐다.

⚖️

"아니…… 이게 무슨……."

김동성은 자신에게 엄청난 양의 손해배상을 들이닥치기 시작하자 어리둥절할 수밖에 없었다.

"이런 씨발, 뭐야?"

들이닥친 손해배상은 무려 2억이 넘어갔는데, 자신이 도무지 감당할 수 있는 수준이 아니었다.

"이런 뭐 같은……."

그는 이 상황을 이해하기 위해 일단 형님들과 이야기하려고 자취방을 나서려고 했다. 그 순간 문에서는 쾅쾅거리면서 누군가 두들기는 소리가 들려왔다.

"김동성 씨, 계십니까?"

"뭐야, 씨발!"

상황이 이런데 누군가 자신을 찾아오자 그는 짜증스럽게 문을 열었다. 그러나 문을 열고 나자 그 짜증이 속으로 쑤욱 들어갔다. 적지 않은 남자들이 자신을 노려보고 있었기 때문이다.

조직에서 일하고 있는 그는 혹시나 다른 조직에서 자신을 찾아온 거 아닌가 하는 두려움이 들었다.

물론 다른 조직이기는 했다. 하지만 그가 생각하는 조직은 아니었다.

"무슨 일입니까?"

"법원에서 나왔습니다."

"법원?"

"네."

"아니, 왜요?"

법원에서 나왔다는 사람들의 말에 그는 당황해서 되물었다.

"귀하의 재산에 대한 가압류를 실시하기 위해서입니다."

"가압류요?"

"당신, 손해배상 청구 소송 당하셨죠?"

"네? 그게……."

당하기는 했다. 그런데 가압류라니?

"그쪽에서 귀하의 재산에 대한 가압류를 설정했습니다. 지금부터 집행하겠습니다."

"잠깐…… 잠깐만요! 가압류라니!"

그는 말리려고 했다. 재산이라고 해 봐야 진짜 돈도 안 되는 그런 것들뿐이다. 그런데 그마저도 가압류하다니.

"이미 법원에서 결정 난 거니까 불만이 있으면 정식으로 항의하시고요. 소송이 끝날 때까지 가압류하겠습니다."

"이봐요!"

"법원에 항의하시라니까요! 딱지 붙여! 물건 확인하고!"

당황해서 허둥대는 김동성과 그런 그를 무시하고 가차 없이 딱지를 붙이는 집행관을 뒤에서 바라보면서, 노형진은 속으로 미소를 지었다.

⚖

"형님, 이게 어떻게 된 겁니까? 민사소송에 가압류라니!"

김동성은 돈을 빌려서 간신히 가게로 올 수 있었다. 교통카드로 쓰던 체크카드가 통장이 가압류되면서 막혀 버린 것이다.

하지만 그는 현금도 없고 신용 등급이 낮아서 신용카드가 없었기 때문에 결국 주변에서 돈을 빌려 버스를 타는 수밖에 없었다.

"무슨 개소리야?"

"저한테 가압류가 들어왔습니다."

"왜?"

"제가 찍어 온 애들이 저한테 소송을 건 모양입니다."

"소송?"

김치파의 보스인 김덕배는 시큰둥하게 그를 바라보았다.

그는 자신을 나름 애국자라고 생각한다. 그래서 김치파라

이것이 법이다

는 이름으로 조직의 이름을 정했다.

물론 그가 애국자인 것과 범죄자인 것은 전혀 다르지만 말이다.

"뭔 소리야?"

"말 그대로라고요! 제가 찍어 온 새끼들이 저한테 민사소송을 걸었습니다."

"뭐라고?"

김덕배는 얼굴을 찌푸렸다. 상식적으로 그가 찍어 온 사람들이라는 건 자기네 손님들이라는 걸 뜻하기 때문이다.

'어떻게?'

그는 설마 김동성이 카메라에 찍혔다는 것은 생각도 하지 못했다. 경찰에서 그걸 다른 곳으로 넘겨줄 이유가 없기 때문이다.

하지만 실상은 여러 손님들이 그에게 반강제로 끌려 가는 것을 카메라로 확인한 노형진이 감시 중인 술집으로 향하는 영상과 비교해 그들이 피해자임을 확인한 다음 그들을 설득해 소송에 참가시킨 것이었다.

"무려 2억이 넘어요!"

김동성은 당황해서 어쩔 줄 몰라 했다. 안 그래도 인생이 바닥인데 2억이 넘는 돈을 자신이 메꿔 줄 수 있을 리 없다.

"아니, 그 녀석들이 너인 줄은 어떻게 알고?"

"저야 모르죠."

"음……."

김덕배는 등골이 오싹했다.

'지난번의 그 새끼들인가?'

자신들을 찾기 위해 고용되었다는 변호사. 그 녀석들이 이 곳을 뒤지고 다닐까 봐 며칠이나 쉬어서 손해가 적지 않았다. 그런데 그 녀석들이 어떻게 해서든 자신들을 찾은 것일까?

'그럴 리 없어…….'

김덕배는 경찰이 적절하게 선을 끊어 줄 거라 믿어 의심치 않았다.

'그래, 생각해 보니 걸린 건 우리가 아니라 동성이 이 자식 뿐이잖아.'

자신을 알았다면 일단 경찰에서 소식이 왔어야 했다. 그런데 경찰에서 소식이 없다는 것은 녀석들이 자신에 대해서는 모른다는 뜻이다.

"동성아."

"네?"

"일단은 재판을 한번 가 봐."

"재판이라니요?"

"내가 봐서는 그냥 찌르는 것 같거든."

"찌른다고요?"

"그래, 어떻게 알았는지는 몰라도 너에 대해서만 아는 것 같은데, 일단 자기네들이 다급하니까 민사를 건 게 아닐까?

이것이 법이다

생각해 봐. 그 새끼들이 우리를 알고 있고 증거가 있는 거라면 어떻게 여기가 이렇게 멀쩡할 수 있겠냐? 짭새 새끼들이 벌써 들이닥쳤겠지."

"아!"

"걱정하지 말고 가 봐. 내가 봐서는 그 새끼들이 찔러보는 거야."

"네, 형님."

김동성은 김덕배의 말을 듣고는 그럴 수도 있다고 생각하고 고개를 끄덕거렸다.

"그러니까 다녀와서 생각하자."

그렇게 생각한 그들은 일단은 재판을 먼저 가 보기로 했다.

그런데 웃긴 건 소가 뒷걸음질하다가 쥐 잡는다고, 실제로 노형진의 목적은 그게 맞았기 때문에 틀린 말이 아니었다는 것이다.

하지만 그 목적을 안다고 해서 공격을 막을 수는 없는 법이었다.

"김동성 씨, 손해배상금 2억 2천만 원을 어떻게 갚으실 겁니까?"

"난 모르는 일입니다."

아니나 다를까, 딱 잡아떼는 김동성. 재판에 들어가기 전의 조정 과정인 만큼 그는 절대로 응할 생각이 없었다.

"당신에게 끌려간 후에 터무니없는 술값을 지불해야 했습니다. 그런데 그런 말이 나옵니까?"

"아니, 자기들이 먹고 왜 나한테 지랄이야! 지랄이! 더러 우면 먹질 말든가!"

그는 딱 잡아떼고 있었다.

'씨발, 내가 이 짓거리만 몇 년을 해 왔는데?'

지금처럼 자신을 찾아내서 소송해 온 적은 없지만 언제나 그런 가능성에 대해서도 생각하고 있었다. 그리고 형님도 말 하지 않았던가? 일단 찔러보는 거라고 말이다.

'버틴다 이거지.'

노형진은 그런 김동성을 보면서 피식 웃었다. 그의 머릿속 이 너무나 뻔했기 때문이다. 무식한 자들은 민사는 버티면 된다고 생각한다.

'뭐, 어떤 경우에는 그렇기는 하지.'

게다가 일반적인 경우라면 확실히 김동성이 유리한 시점 이기도 하고.

하지만 그건 어디까지나 누군가의 잘못인지 확실하지 않 으며, '일반적인' 경우의 이야기다.

'멍청하기는.'

그는 자신들이 얼마나 많은 정보를 가지고 있는지 모르는 게 분명했다.

"진짜 버티실 겁니까?"

"난 모른다고, 씨발. 너희들이 처먹은 걸 왜 내가 내야 하는데?"

"자, 자, 진정하시고 일단은 협상을……."

"씨발, 협상 같은 소리 하고 자빠졌네."

조정관은 어떻게 해서든 조정을 성립시키려는 눈치였지만 김동성은 협상할 의사가 없었다.

'뭐, 어쩌겠어. 자기가 죽여 달라는데 죽여 줘야지.'

노형진은 씩 웃으면서 말했다.

"그러면 정식으로 재판을 하도록 하지요."

"그러든가. 세상 천지에 자기가 처먹은 걸 삐끼한테 내놓으라고 하는 경우가 어디 있어?"

"물론 그렇지요, 일반적인 경우라면. 하지만 마약이 섞여 있으면 이야기가 달라지지요."

"뭐?"

움찔하는 김동성. 노형진은 그걸 보고 바로 알아차렸다.

'이 새끼도 알고 있네.'

그렇지 않다면 이게 무슨 소리인가 하는 반응을 보여야 한다. 그러나 그는 그런 반응 대신에 격하게 화를 냈다.

"뭔 개소리야! 마약이라니! 지들이 마약한 것까지 나한테 뒤집어씌우는 거야?"

"물뽕은 자신이 하려고 하는 게 아니죠. 누군가 피해자를 기절시키고 뭔가를 하려고 할 때 쓰는 마약입니다."

"증거 있어!"

"네, 있지요. 피해자들이 바로 다음 날 병원에 가서 혈액 검사를 했거든요."

"뭐?"

김동성은 당황했다.

'그럴 줄 알았다.'

김동성이 모르는 것. 그건 노형진이 자신들을 지켜보고 있었다는 것이다.

노형진은 카메라로 그들이 손님을 받는 것을 보고 있었기에 그들이 마약에 취한 손님들을 모텔에 옮겨 두는 것도 당연히 알고 있었다.

그래서 그들이 아예 관심을 끊어 버린 후에 노형진이 손님들을 찾아가서 설득해 병원에서 검사하고 소송을 준비한 것이다.

"당신에게 끌려간 사람들이 하나같이 물뽕을 맞고 갈취당했다는 사실을 법원에서 알게 된다면 어떻게 판단할까요?"

"그, 그럴 리가……."

"그럴 리 없기는요, 이미 벌어진 일인데."

설마 마약이 걸린 건 생각하지 못한 김동성이었기 때문에 그는 벌떡 일어났다. 이건 싸워 보기도 전에 질 수밖에 없는 싸움이 된 것이다.

"어어? 이봐요!"

조정관이 뭐라고 하기도 전에 바깥으로 튀어 나가는 김동성.

그는 당장이라도 경찰이 자신을 잡으러 올 거라는 생각에 이곳에 있을 수가 없었다.

물론 노형진은 아직 경찰에 신고하지 않은 상태였다.

"허……."

당황스럽다는 얼굴로 그가 나간 입구를 바라보는 조정관.

노형진은 그런 그에게 빙긋 웃으면서 말했다.

"아무래도 조정 불성립인 것 같지요? 후후후."

⚖

같은 시각, 손채림은 모텔의 업주를 만나서 이야기하고 있었다.

"그 당시 촬영된 영상 주세요."

"아, 난 모른다니까 그런 거 없어."

"없을 리 없죠, 현행법상 모든 모텔은 다 촬영하도록 되어 있는데."

손채림이 웃으면서 말하자 모텔의 늙은 주인은 짜증스럽다는 듯 바라보았다.

"못 줍니다."

"그냥 협조 좀 해 주세요. 저희가 나쁜 데에 쓰려는 것도 아니고."

"아, 난 모른다니까!"

'쾅!' 하고 계산대를 막아 버리는 노인.

그걸 본 정우찬은 살짝 발끈한 듯했지만 손채림은 그런 그를 진정시켰다.

"죽일까요?"

"괜찮아요, 어차피 각오하고 온 거니까."

슬쩍 말리는 것이지만 사실 그 너머에 그 목소리가 들린다는 걸 다 안다. 그렇기 때문에 정우찬이 고의적으로 죽이겠다는 말을 입에 담은 것이다.

"크흠……."

슬쩍 다시 열리는 계산대. 하지만 그는 여전히 줄 생각이 없었다.

"난 모른다니까. 보고 싶으면 경찰에 신고해!"

"진짜요?"

"그래! 난 몰라!"

"그렇게 하시면 별로 좋지 않을 텐데요?"

"뭐라고?"

"제가 보고 싶은 게 뭐냐면 말이지요."

손채림은 미소를 지으면서 설명해 줬다. 하지만 그 내용은 그다지 웃을 만한 게 아니었다.

"지난 몇 달간 건장한 남자들이 손님을 끌고 와서 여기에 버리고 갔을 거예요. 아마도 손님을 술에 취한 듯 보였겠지요. 계산은 손님의 카드로 했을 테고. 그건 조사하면 나오니까요. 그리고 그들은 손님을 버리고 갔을 거예요. 사장님은 다음 날 손님이 당황해서 어떻게 된 거냐고 물어보는 걸 모른다고 딱 잡아뗐을 테고, 어쩌면 몇몇은 카메라 영상을 보여 달라고 했을지도 모르죠. 하지만 저한테 말했다시피 그런 건 없다는 식으로 안 보여 줬을 거예요. 아니면 경찰을 데리고 오라고 하든가."

"크흠……."

마치 본 것처럼 설명하는 그녀의 모습에 사장인 노인은 상당히 당황한 듯 보였다.

"그래서 뭐? 난 모르는 일이야!"

"모르는 일이 아니죠. 누가 봐도 범죄가 벌어지는 상황이었고, 그 범죄로 인해 피해자가 발생했고, 심지어 그들이 나중에 도움을 요청했는데도 모른 척하셨잖아요?"

"그래서 뭐? 나보고 어쩌라고?"

나이 먹고 은퇴해서 먹고살기 위해 모텔을 운영하는 그다. 그렇다 보니 제대로 법에 대해 알지 못하고 그렇게 매일같이 손님이 오니까 모른 척한 것뿐이다.

물론 그건 그의 사정이었고 법적으로는 좀 달랐다.

"방조범이라고 아세요?"

"뭐?"

"범죄가 벌어지는 것을 알면서도 방치하거나 그걸 이용해서 이득을 취한 자들을 방조범이라고 하죠. 그리고 사장님은 범죄가 벌어지고 있는 걸 알면서도 피해자에게 도움을 주거나 경찰에 신고하지 않으셨어요. 안 그런가요?"

"말도 안 되는 소리!"

"말이 안 된다고 생각하세요? 이 모텔에서 잔 사람이 여러 명일 텐데 경찰에 신고하면 그들에 대해 다 조사할 거예요. 그중에서 피해자가 몇 명인지 한번 알아볼까요?"

"크흠……."

사장은 순간 입을 다물었다. 아무리 봐도 자신이 벗어나지 못할 것 같다는 생각이 든 것이다.

"그들을 방치하면서 모텔비로 수익을 내셨으니 방조범인 건 인정되시는 거고……."

그러면서 사장을 바라보는 손채림.

"연세 좀 되신 것 같은데 과연 교도소에서 얼마나 버틸 수 있을지 걱정이네요. 교도소에서 죽는 사람도 적지 않다던데."

사장의 엉덩이가 순간 들썩거리기 시작했다. 자신이 범죄에 가담하고 있었다는 사실을 인정하고 싶지 않았던 것이다.

'하지만…….'

손채림의 말대로 그는 건장한 남자들이 손님을 버리고 가는 걸 알면서도 모른 척했다. 그렇게 하루에 최소 세 명씩은 손님이 왔기 때문이다.

하루 숙박비가 6만 원이니 세 명만 와도 18만 원이다.

그리고 한 달이면 못해도 돈 300~400만 원은 만질 수 있었다.

"아마 마약까지 동원된 범죄라 형량이 좀 강하게 나올 거예요. 아, 이 모텔은 걱정 안 하셔도 될 것 같네요. 피해자들 모아서 손해배상하면 아무것도 안 남을 테니까. 피해자가 몇 명이죠? 이백? 삼백? 오백? 더 되나요?"

생글생글 웃으면서 말하는 손채림이었지만 노인은 뒤에 있는 덩치 큰 남자보다 그녀가 더 무서웠다. 그녀의 말 한마디 한마디가 그의 인생을 나락을 떨어트릴 수 있는 것이기 때문이다.

"그러고 보니 자녀분들도 계실 것 같은데 과연 자녀분들은 어떻게 생각하실지 모르겠네요. 잘해 주셔야 할 텐데…….. 그래야 감옥에서 돌아가셔도 잿밥이라도 얻어먹지요. 그런데 콩밥 좋아하시나요?"

"요즘은 콩밥 안 나옵니다."

"다행이네요. 이도 안 좋으신데 콩밥 드시기 힘들 텐데."

마지막 말에 그 노인은 결국 무너지고 말았다.

"알았다고! 알았어!"

지금 입을 다물면 자신의 인생이 망가진다는 것을 알아챈 그는 두 손 두 발 다 들 수밖에 없었다.

"주면 될 거 아냐! 주면!"

"감사합니다."

손채림은 그 노인에게 환하게 웃었지만 노인은 결코 웃을 상황이 아니었다. 다시는 그 돈을 못 벌게 될 테니 말이다.

☖

　외부에 드러난 두 명을 찾아냈다. 그리고 남은 것은 한 명뿐이다. 바로 수금원. 그러나 수금원을 찾는 것은 생각보다 난이도가 있었다.

　"이건…… 좀 곤란한데? 이래서야 누군지 알 수가 없는데?"

　손채림은 사진들을 뚫어지게 바라보다가 책상 위로 던졌다. 그러자 사진들이 좌악 펼쳐졌다. 노형진은 그중에서 하나를 집어 들어 물끄러미 바라보았다.

　"이게 다야?"

　"그게 다야. 그 녀석, 처음부터 끝까지 헬멧을 안 벗더라고."

　짜증스러운 목소리로 말하는 손채림.

　외부에서부터 무너트리기 위해 조금씩 압력을 가하고 있는 상황이다. 그리고 그렇게 하기 위해서는 외부에 드러난 모든 인물을 압박해야 한다.

　데리고 가는 자와 버리고 가는 자는 찾았으니 남은 것은 카드를 들고 다니면서 돈을 찾는 수금원뿐이다. 그런데 그를 찾는 것에는 생각지도 못한 문제가 있었다.

　"여기도 그렇고 저기도 그렇고, 다 이런 식이야."

　문제는 그 녀석이 돈을 찾으러 다니면서도 단 한 번도 헬멧을 벗은 적이 없다는 것.

"이래서는 누군지 알고 수사하느냐고. 방법이 없지."

축 늘어진 손채림의 목소리. 노형진은 대답하지 않고 그걸 물끄러미 바라보았다.

"완전히 미치겠네. 으으…… 이 망할 놈을 어떻게 찾아?"

손채림은 머리를 북북 긁으면서 투덜거렸다. 보다 못한 노형진은 사진을 다시 정리하면서 그녀에게 말했다.

"난 이미 찾은 것 같은데?"

"뭐?"

"난 이미 찾았다고. 아니, 정확하게는 찾을 수 있는 방법을 안다고 해야 하나?"

"그게 무슨 소리야? 네가 무슨 심령술사도 아닌데 헬멧을 뒤집어쓰고 있는 놈을 어떻게 찾아?"

"관점을 바꾸면 된다고."

"관점?"

"이리 와 봐."

노형진은 그녀를 데리고 사무실로 향했다. 그리고 컴퓨터를 켠 뒤 저장용 외장 하드를 연결하고는 영상을 찾기 시작했다.

"네가 실수하는 게 뭐냐면, 아는 정보 내에서만 답을 찾으려고 한다는 거야."

"그게 뭐 어때서? 사람들은 다 그런 식 아냐?"

"그런 식이기는 하지. 하지만 외부의 정보를 적용하는 것도 나름 스킬이야."

"여기에 외부 정보가 어디 있어? 혹시나 하는 마음에 오토바이 번호판이라도 찍혀 있나 하고 화면이라는 화면을 모조리 뒤져 봤지만 나오는 게 없는데?"

경찰의 도움 없이 해결해야 하니 이런 입출금기에 있는 카메라 영상을 보는 것도 쉬운 게 아니었다.

그래서 힘들게 힘들게 은행과 입출금기를 관리하는 업체를 통해 찾아냈는데 쓸 만한 게 없었던 것이다.

그렇기에 손채림은 잔뜩 뿔이 난 얼굴이었다. 지난 이틀간 한 고생이 모조리 헛수고가 되었기 때문이다.

"이 경우는 외부의 정보는 헬멧이야. 헬멧은 취향을 탄다고 할 수 있지."

"그게 무슨 외부의 정보야? 그건 상식이잖아?"

"그러니까. 일반적으로 오토바이를 타지 않는 사람들의 상식은 딱 거기까지야. 하지만 오토바이를 타는 사람들의 상식은 좀 더 앞으로 나아가지. 바로, '오토바이 헬멧은 비싸다.'"

"응?"

"당연히 가격이 비쌀수록 그걸 들고 다니는 사람이 적어지지. 그런데 이 오토바이 헬멧은 많은 사람들이 쓰고 다니는 게 아니잖아? 그렇지?"

"그렇기는 하지."

대부분의 사람들은 오토바이가 아니라 승용차를 좋아한다. 오토바이는 안전성 부분에서 승용차에 비해 확연히 떨어지기 때문이다.

　"만일 단순히 돈을 찾기 위해 오토바이를 끌고 다니는 거라면 이렇게 확연하게 비싸 보이는 헬멧을 들고 다닐 이유는 없지. 안 그래? 그리고 이 녀석의 옷을 봐. 이건 보통 '방풍 재킷'이라고 하는 옷이야."

　"방풍 재킷?"

　"그래, 오토바이를 타는 사람들 사이에서 많이 즐겨 입는 옷이지. 디자인도 일반적이지 않고."

　"그게 무슨…… 아!"

　손채림은 노형진이 찾은 영상을 보고 나서야 왜 그가 금방 찾을 수 있다고 그랬는지 알아차렸다.

　"결국 이 녀석도 돌고 돌아도 목적지는 한곳이잖아?"

　"그렇지. 내가 왜 그 생각을 못 한 건지 모르겠네."

　"후후후."

　화면에 나타난 곳은 이번에 찾은 네 곳의 영상이었다.

　같은 가게로 의심되는 곳이면 같은 조폭이 운영하는 곳이라 생각된다. 그렇지 않으면 난데없이 그들이 한꺼번에 쉴 이유가 없기 때문이다.

　"헬멧의 부피는 무척이나 커. 일반적으로 사람이 나가면 계속 쓰게 되기 마련이지. 뭐, 사람마다 여러 가지 오토바이 헬멧을 돌려 쓰는 경우도 있기는 하지만 그건 어디까지나 취향의 문제고, 일단 가지고 나가면 그날은 하나를 계속 쓸 수밖에 없어. 헬멧을 회사에 비치할 수는 없으니까."

동영상 플레이어로 조작하며 원하는 것을 찾고 있던 노형진은 어느 순간 플레이어를 멈추고 화면을 뚫어지게 바라보았다.

"찾았다."

화면 너머에는 오토바이를 세우는 한 사람의 모습이 나와 있었고, 그의 머리에는 자신들이 봤던 그 헬멧이 씌워져 있었다.

"이 녀석이 아마 범인일 거야."

옷도 그렇고 헬멧도 동일하다. 즉, 저 녀석이 돈을 찾으러 다니는 수금꾼이라는 뜻이다.

"하지만 여전히 얼굴을 모르잖아?"

"얼굴은 모르지. 하지만 옷은 알지."

노형진은 천천히 플레이어를 움직이면서 화면에 나타난 입구를 뚫어지게 바라보았다.

그렇게 대략 20분쯤 화면을 뒤지고 나자 동일한 복장을 한 사람이 입구에 나와서 담배를 피우는 것이 촬영된 것을 확인할 수 있었다.

"빙고."

노형진의 눈이 마치 먹이를 본 뱀처럼 차갑게 빛나기 시작했다.

"형님!"

"뭐야?"

"저 큰일 났습니다."

"뭔 큰일? 너도 소장 날아왔냐?"

"네."

"이런 씨발. 뭐 하자는 짓거리야!"

수금원을 하던 조강필은 다급하게 자신의 큰형님에게 찾아갔다. 지금까지 이런 일이 없었기 때문에 그는 다급할 수밖에 없었다.

하지만 김덕배도 이런 상황은 처음이었기에 뭐라고 할 말이 없었다.

'씨발, 뭐 하자는 거야?'

상대방은 자신에 대해 안다. 그런데 절대로 자신을 공격하지 않는다.

사실 노형진은 그가 누군지 모른다. 경찰에 신고는 했지만 그들은 경찰의 보호를 받고 있기 때문이다. 그러니 패거리는 알아도 핵심 인물인 김덕배는 모를 수밖에 없었다.

하지만 김덕배의 입장에서는 그걸 외부에서 자신을 알고 있다고 생각할 수밖에 없었다.

"씨발, 저희 집에도 압류 들어오고 난리예요."

더군다나 이 세 명은 증거가 너무 명확해서 벗어날 수도 없다. 이들은 엄청난 돈을 배상해 낼 수밖에 없는 상황이 된 것이다.

　'어떻게 된 거지?'

　분명히 경찰에 적절히 기름칠을 해 놨다. 물론 큰 조직들처럼 제대로 한 건 아니라서 아예 수사 자체를 막지는 못하지만, 관련 수사가 시작되면 그걸 자신에게 알려 줄 정도는 된다. 그런데 이 상황에서 아무런 이야기도 없다니.

　'뭐 하고 있는 거야?'

　그는 속으로 열불이 났다. 그러다가 한 가지 가능성을 생각하고는 자신도 모르게 움찔했다.

　'설마 팽?'

　자신의 부하들이 모조리 걸린 상황이니 그는 자신 역시 걸렸다고 생각할 수밖에 없다. 그런데 자신에 대해 조사하러 오진 않는데 민사는 들어왔다.

　'이 새끼들이 증거를 없애려는 거구나.'

　자신이 입을 나불거리면 경찰들도 다칠 게 뻔하다. 그러니 그들도 관련 증거를 없앨 수밖에 없을 것이다.

　문제는 민사는 형사와 다르게 피해자가 직접 한다는 것. 그러니 피해자는 그 복구를 위해 기다리지 않고 민사를 넣은 것이다. 그렇다 보니 경찰의 수사와 다르게 자신들에게 먼저 민사가 들이닥친 것이고 말이다.

결국 남은 가능성은 경찰이 자신과의 선을 지우고 있다는 것.

'이런 씨발.'

그는 등골이 오싹했다.

사실 생각해 보면 마약이 관련되어 있는데 동네 경찰서가 커버할 수는 없는 노릇.

그가 그렇게 마음이 다급한데 부하들은 그에게만 매달렸다.

"형님!"

"어떻게 해결하죠? 당장 경찰서에 가 볼까요? 우리가 접대한 경찰들도 있지 않습니까?"

"뭘 어쩌라고!"

결국 김덕배는 부하들에게 소리를 버럭 지르고 말았다.

"네?"

"씨발, 이게 너희들이 일을 제대로 못해서 그런 거 아냐?"

"무슨 말씀이십니까, 형님? 저희는 형님이 시키는 대로 한 건데요?"

"내가 시키는 대로 했는데 일이 이 지경이 될 리 없지!"

서로 책임을 떠넘기기 시작하면서 그들의 의리라는 것은 속절없이 무너지기 시작했다.

⚖️

"의외인데?"

"뭐가?"

"아니, 저렇게 무너질 거라고는 생각 못 했어. 영화에서 보면 의리니 어쩌니 하면서 자기가 모든 책임을 지고 빵에 가겠다고 말하고 그러잖아?"

손채림은 가게에서 나오는 영상을 보면서 한심하다는 듯 노형진에게 말했다.

가게에 들어갔던 녀석들이 누더기가 되어서 나왔다. 서로 주먹질을 하면서 싸웠다는 뜻이다.

"아, 그거? 자연스러운 현상이야."

"자연스러운 현상?"

"그래, 수명이 다한 거지."

"수명이라니?"

"의리라는 것은 결국은 돈과 관련된 문제거든."

조폭들이 의리를 따질 때는 그저 돈이 될 때뿐이다. 철모르는 애들이나 의리를 믿지, 그들의 의리는 의리도 아니다.

"일단 사건 자체가 규모가 많이 다르잖아. 마약이 끼었거든."

한국의 법이 약한 편이긴 하지만 마약이 끼면 이야기가 달라진다.

물론 그렇다곤 해도 외국에 비해서는 여전히 약하기는 하지만 자신들이 생각하는 수준을 넘는 처벌이 나올 수도 있다. 이런 경우에는 최소 5년은 살고 나와야 한다.

"그런데 문제는 그 최소 5년간 조직이 지탱되느냐는 거야."

더군다나 이번 사건은 피해자가 한두 명이 아니다.

아마도 사건이 진행되면 자신들이 찾아내지 못한 다른 사람들에 대해서도 조사가 진행될 게 뻔한데, 그렇게 되면 피해자는 분명히 이백 명 이상으로 늘어나게 된다.

"영화에서처럼 가족을 부탁하고 감옥에 들어가는 건 저들 조직에는 불가능한 상황이거든."

그런 행동이 가능하려면 일단 조직이 기업화되어 가족을 맡길 수 있다는 확신이 서야 한다.

하지만 저들은 평범한 토착 폭력 조직이지, 기업화된 조직은 아니다.

그리고 기업화시키는 것도 사실상 불가능하다. 이미 걸렸다고 의심되는 상황에서 기업화로 전환될 리 없다.

"그리고 단순 폭행도 아니고 이런 대규모 사건의 경우라면 그 책임을 질 만한 직급의 사람이 가야 해. 문제는 김치파의 조직원들이 고작 스무 명이라는 거지."

"중간이라는 것 자체가 의미가 없겠네?"

"그렇지. 업소 네 곳에서 동시에 마약을 이용한 범죄 행위가 벌어졌는데, 그게 고작 중간에 있는 행동대장쯤 되는 녀석이 할 수 있는 건 아니지."

수백 명씩 인원이 되는 과거의 조직들이었다면 그게 가능할지도 모르겠지만, 이들에게는 불가능하다.

고작 스무 명밖에 되지 않는 조직이 그렇게 긴 시간 동안 유지되는 것은 불가능하며, 또한 그 시간 동안 가족들을 챙겨 줄 여력도 되지 않는다.

'가족들과 어차피 담을 쌓은 녀석들이라는 점은 빼고서라도 말이지.'

"성장할 수도 있잖아?"

확실히 성장하면서 지원받을 수도 있다. 그러나 그건 어디까지나 이론적인 소리일 뿐이다.

"그렇지. 이번 사태를 벗어나고 나면 성장할 수도 있지. 하지만 그때는 다른 녀석이 있겠지."

한 명이 책임지고 감옥에 가면 과연 그 자리를 비워 둘까?

그럴 리 없다.

"성장했다고 쳐. 그러면 그때 있는 놈은 5년 만에 감옥에서 나와서 선배라고 거들먹거리는 놈을 인정할 것 같아?"

"안 하겠구나."

"그렇지. 안 하지."

규율이 완성된 조직에서도 그게 쉬운 게 아니라서 자기들끼리 세력 싸움을 하는 게 현실이다.

감옥에 간 놈은 자신을 개국공신쯤으로 생각할 테지만, 그후에 들어온 놈은 그 녀석을 굴러들어 온 돌밖에 안 되기 때문이다.

"그런데 이렇게 완성이 안 된 조직이 과연 받아 줄까?"

당연히 받아 줄 리 없다.

"결국 누군가는 그 독박을 쓰고 가야 한다는 거지. 자기 혼자 책임지고 말이야."

노형진은 그렇게 말하면서 감시 마이크가 설치된 안쪽을 물끄러미 바라보았다.

"누가 갈지는 아직 결정이 안 되었지만 말이야."

누구도 가고 싶지 않을 것이 뻔했다.

알카포네도 실수했다

"이런 조또······."

조강필은 매일매일 똥줄이 탄다는 느낌을 확실하게 받고 있었다.

소장과 상대방이 들고 있는 증거는 자신의 인생을 확실하게 망칠 수 있는 물건이었다. 그걸 가지고 온갖 변호사들에게 찾아가 봤지만 그 누구도 이길 수 있다고 생각하지 않았다. 애초에 이기는 게 불가능하다고 했다.

"씨발······."

"왜 그래?"

"몰라서 물어요?"

조강필은 자신과 같은 처지인 김동성이 묻자 화를 버럭 냈다.

"형님은 화도 안 납니까?"

"화가 나지. 하지만 큰형님께서 해결해 준다잖아."

"지금 그 말을 믿어요?"

지금 상황에서 어떻게 해결하란 말인가? 이미 증거는 상대방에게 간 지 오래다. 당장 경찰이 수사를 안 하는 이유는 알 수 없지만 일단 민사에서는 자신이 벗어날 방법이 없는 것이다.

"무려 2억 3천입니다. 2억 3천. 제가 무슨 돈이 있다고……."

"그거, 형님 앞에서는 푼돈이잖아."

'개소리하지 말라고 해요.'

자신들이 조폭이니 어쩌니 하면서 모가지에 힘주고 거들먹거리면서 다니기는 하지만 1인당 수억씩 주는 집단이 아니다.

사실 이렇게 영업해서 돈을 번다고 해서 자기네들이 다 먹는 것도 아니고 말이다.

일단 건물을 빌렸으니 그 돈도 나가야 하고 자기들을 보살펴 주는 사람들에게 인사 겸 뇌물도 바쳐야 한다. 거기에다 위에서도 챙길 만큼 챙겨야 하니 그러고 나서 남은 게 내려오는 게 현실이다.

'뭐, 껌값? 지랄한다.'

그게 껌값이면 이미 해결되었어야 한다. 하지만 형님이라는 작자는 조만간 해결한다면서 도무지 도와줄 생각을 하지 않았다.

'씨발…… 씨발…….'

"걱정하지 마. 설마 형님이 우릴 버리겠냐?"

김동성은 그런 그를 보면서 어깨를 다독거렸다.

"얀마, 우리 형님 알잖아? 덕배 형님이 의리 빼면 시체야, 시체."

"그거야 알지만……."

조폭들에게 제일 중요한 게 의리라는 것은 조강필도 알고 있었다. 하지만 상황이 안 좋아지면 가장 먼저 버려지는 것이 의리라는 것도 알고 있었다.

"형님이 알아서 해 줄 테니까 걱정하지 마."

김동성은 어깨를 다독거리면서 웃고 있었다. 하지만 조강필은 어쩐지 그게 더 무섭다는 생각이 들었다.

⚖

"안 도와줄 겁니다."

노형진은 조강필을 보면서 확실하게 못을 박아 줬다.

"네놈이 우리 형님을 어떻게 보고!"

"조폭으로 보고 있지요. 그리고 조강필 씨도 이 바닥에서 5년이나 굴러먹었으면 충분히 사정을 알 텐데요?"

"뭐라고?"

"자, 자, 두 분 다 진정하세요. 오늘은 조정하러 온 거지, 싸우러 온 게 아닙니다."

재판이 진행된 후에도 여전히 조정은 진행되고 있었다.

사실 재판에 들어가면 일단 조정부터 시키려고 하는 게 대한민국 법원이다. 그러니 조정이 계속될 수밖에 없다.

'다른 사람들은 이미 결렬된 거지만.'

노형진이 조강필을 가장 늦게 고소를 넣은 이유가 있다. 자신이 노리는 것은 단순히 돈을 돌려받는 수준이 아니라 그 뒤를 청소하는 것이기 때문이다.

'이럴 때 기본 규칙은 가장 많은 손해를 입는 사람을 자극하는 거지.'

만일 그게 비슷하다면 자신이 가장 많은 손해를 입을 거라는 느낌만 들게 하면 된다. 이런 범죄 조직이 의리를 중시하는 이유는 그 내부에서 한 명만 입을 열면 몰락하기 때문이다.

"솔직히 말해서 이 모든 책임은 누가 질 것 같습니까? 당신의 형님이라는 그 사람? 아니면 함께 고소당한 사람들?"

"우리 형님들은 날 안 버려!"

"그래요?"

피식하고 비웃음을 날리는 노형진.

그는 조강필에게 차근차근 그가 가장 손해를 볼 수밖에 없는 이유를 설명하기 시작했다.

"당신이 이 모든 책임을 져야 하는 이유를 말씀해 드릴까요? 함께 고소당한 분은 두 분이 더 계십니다. 아시죠?"

"……."

당연히 안다. 자신과 함께 고소당한 두 사람이 더 있다.

"그런데 그분들은 빠져나갈 구멍이 있거든요."

"뭐?"

"일단 삐끼를 하던 분을 생각해 볼까요? 그분은 말 그대로 손님을 데려다주는 역할만 했습니다. 문제는 법적으로는 마약이 투약된 시점이 그 후라는 겁니다. 즉, 본인은 일당을 받고 일한 것이다, 난 거기서 무슨 일이 벌어지고 있는지 몰랐다 같은 식으로 변명이 가능합니다. 다른 한 분은 그렇게 약을 취한 피해자들을 모텔로 데려다준 역할을 했지요. 그런데 그분이 약을 주사했다는 증거는 없습니다. 그분도 우기기에 따라서는 손님이 술에 취해서 모텔로 데려다준 거지, 마약하는 줄은 몰랐다고 할 수 있습니다. 그런데 당신에게는 뭐가 있지요?"

"뭐?"

"당신은 피해자들의 카드를 들고 은행들을 돌아다니면서 수차례 돈을 꺼냈습니다. 당신 나름대로 방어한다고 헬멧을 쓰기는 했지만 도리어 그 헬멧이 특징이 되어 버릴 줄은 몰랐겠지요. 거기에다가 당신이 쓴 그 카드에 당신 지문까지 남아 있습니다. 카드에서 비밀번호를 알아내기 위해서는 당신은 어쩔 수 없이 그 피해자들에게 가까이 가야 합니다."

"내가 한 게 아니라고!"

"그래요? 그럼 다른 누가 했나요?"

"그거야……."

말을 하려다가 입을 다무는 조강배. 그럴 수밖에 없는 게 그건 형님과 조직들을 팔아먹는 행동이 되기 때문이다.

"모른다니까."

"그래요. 모르겠지요. 하지만 저쪽은 잘 알 것 같은데요."

"뭐라고?"

"당신이 그 사람들에게서 마약을 주사하지 않았다면 어떻게 비밀번호를 알았다고 하겠습니까? 그리고 말입니다, 그 후에 당신이 직접 통장을 들고 다니면서 돈을 꺼냈잖아요. 안 그런가요?"

"그거야……."

그건 부정할 수 없는 사실이다. 노형진의 친구가 아닌 다른 사람들에게서 카드를 받아서 지문을 조사했는데 그의 지문이 나왔기 때문이다.

"그렇다면 당신이 사건의 주범으로 보일 수밖에 없는데요."

"난 아니라니까!"

"그러면 그 비밀번호는 어떻게 아신 겁니까?"

"그거야……."

어떤 대답도 할 수가 없는 조강필.

"뭐, 생각해 보세요. 오늘 조정은 여기서 끝내는 게 좋겠네요."

노형진은 먼저 자리에서 일어나면서 그를 바라보며 말했다.

"한 가지 말씀드리자면……."

스윽 그를 바라보면서 말하는 노형진.

"아마 당신에게 책임지라는 말이 나올 겁니다. 그 후에 어떤 선택을 하든 당신은 버려질 테고요. 아마 당신은 조만간 날 찾아오게 될 겁니다. 후후후."

노형진의 그 말 한마디가 조강필에게 묵직하게 다가오고 있었다.

"확신해?"

"그럼."

노형진은 조강필이 결국은 두 손 두 발 다 들고 나올 거라는 것을 알고 있었다.

"하지만 배신 안 할 수도 있잖아?"

"안 할 수는 없지. 조강필의 신분은 애매하거든."

"애매하다?"

"그래, 조강필은 폭력 조직에서 5년을 버텼어. 문제는 아직도 막내 수준이라는 거지."

지역 폭력 조직은 그다지 조직원을 많이 모으려고 하지 않는다. 조직원을 모으는 거야 쉽다. 학교에 가서 일진이라는 녀석들을 자극하면 조직에 들어오기 때문이다.

"조강필도 그런 과정으로 들어온 놈이고."

"그런데?"

"조직원이 많아지는 게 결코 좋은 건 아니야."

조직원이 많아지면 경찰의 관심도 많아지고 수익이 많이 발생하지만, 그만큼 그 조직원들에게 나눠 줘야 하는 분배금도 많아진다.

"지금 약 타서 받아 간 돈이 많은 것 같지? 아니야."

당장 김치파의 조직원은 스무 명이다. 그리고 조폭으로서의 소위 말하는 가오라는 것을 잡으려면 못해도 한 명당 200만 원은 줘야 한다.

"그러면 한 달에 4천이라는 거지."

거기에다 자신들을 모른 척하는 뇌물과 임대료 그리고 윗선에서 가지고 가는 돈까지 생각하니 적게 느껴지는 거지 매달 고정금은 적지 않다.

"에? 임대료는 주지 않을 수도 있잖아?"

폭력 조직이 순순히 임대료를 주려고 하지 않을 거라는 생각에 손채림은 고개를 갸웃했다.

"무리야. 그 건물 주인에 대해 알아봤는데 시의원이야."

"아!"

시의원이면 국회의원과 대화할 수 있는 계급인데, 국회의

원이 경찰에 한마디만 하면 말 그대로 탈탈 털어 낼 수 있다.

"그래서 돈은 안 줄 수는 없지. 어찌 되었건 중요한 건 그가 막내로서 오래 있었다는 거지."

오랫동안 막내 노릇을 하면서 쌓인 불만이 적지 않았을 것이다. 그리고 가뜩이나 자신에게만 가해지는 압력.

"거기에다가 이런 경우 폭력 조직의 행동 패턴은 뻔하거든."

"뻔하다고?"

"그래, 왜 돈을 걷어 오는 작업을 막내한테 시킨다고 생각해?"

"응?"

생각해 보니 그렇다. 돈을 걷어 온다는 것은 결국 직접 돈을 만진다는 소리다. 이는 즉, 일반적으로 믿을 만한 녀석이 아니면 빼돌릴 가능성이 높다는 뜻이다.

"왜 그러는데?"

"내 돈이 아니니까."

"아!"

돈을 가지고 오라고 할 때 몇십만 원 빼돌려도 상관없다. 하지만 외부적으로 드러나는 것은 그 혼자뿐이다.

"그러면 과연 조직에서는 뭐라고 할까?"

⚖

"네가 한번 갔다 와라."

"네?"

조강필은 멍해진 얼굴로 김덕배를 바라보았다.

"네, 형님?"

"네가 책임지고 한 3년만 살다 와라. 내가 변호사 붙여 줄게."

"그게…… 무슨 말씀이십니까, 형님?"

조강필을 사실이 아니라고 생각하면서 애써 말했다. 하지만 김덕배의 말은 확실했다.

"네가 한번 책임지고 들어갔다 와라."

"형님?"

"짭새들이랑 이야기 다 끝났다. 3년 안에 끝나게 해 준단다."

'뭐라고?'

짭새들이랑 이야기가 끝났다는 것은 자신의 의사와는 상관없이 모든 것이 다 진행되었다는 뜻이다. 그리고 자신이 뭐라고 하든 자신을 보내겠다는 뜻이고.

'니미 씨발.'

단순히 보내는 게 문제가 아니다. 그런데 그 후까지 여기가 있을까?

'있을 리 없잖아?'

당장 손님을 끌고 오면 귀신같이 데려가서 소송을 걸게 만들기 때문에 손님도 못 끌고 오는 상황이다. 그래서 일반 영업이라도 해 보려고 했지만, 애초에 자리 자체가 그런 목적으로 얻은 자리가 아니라서 말 그대로 파리만 날리는 상황이다. 그런데 여기가 그때까지 있을 리 없지 않은가?

"너, 나 알지? 내가 모든 걸 책임져 줄게."

'좆 까고 있네.'

자신을 믿으라면서 가슴을 탕탕 치는 김덕배. 그러나 그가 자신을 버리려고 한다는 것은 조강필은 알고 있었다.

'내가 그 꼴을 한두 번 본 줄 아나?'

이런 건 보통은 그들을 뒷받침해 줄 수 있는 큰 조직에서나 하지, 고작 스무 명짜리 작은 조직에서 해 줄 수 있는 게 아니다.

설사 해 준다고 해도 자신을 책임져 주지 않을 거라는 걸 조강필은 누구보다 잘 알고 있었다.

"가족은 내가 책임질게."

"……."

가족까지 운운하는 그를 보면서 자신을 압박하는 김덕배를 보면서 조강필은 구역질이 났다.

자신은 집을 가출해서 벌써 5년째 이 바닥에서 굴러먹었기에 가족은 없는 것이나 마찬가지다. 그런데 가족을 책임진다?

'이 새끼가 증말.'

그들이 죽든 말든 자신이 무슨 상관이란 말인가?

"형님, 하지만 다른 사람이 있지 않습니까?"

"드러난 게 너뿐이지 않느냐?"

"네?"

"한 명은 데리고 온 것뿐이고, 한 명은 술 취한 사람을 데려다준 것뿐이잖아."

'큭.'

노형진이 말했던 대로 대꾸하는 보스를 보면서 조강필은 엄청난 배신감을 느꼈다.

"그래서, 저보고 3년만 살다 나오라고요?"

"그래."

"그러면 민사는요?"

"걱정하지 마. 내가 먹여 살릴게. 네가 거지인데 그 새끼들이 뭘 어쩌겠어?"

확실히 민사는 상대방이 아무것도 없으면 받아 낼 방법이 없다. 그러니 조강필을 김덕배가 먹여 살린다면 받아 낼 방법은 없다. 하지만 그 이면에는 다른 의미가 있었다.

'딱 먹여만 살리겠지.'

조강필은 김덕배를 보면서 속으로 이를 갈았다.

확실히 먹여는 살려 줄지도 모른다. 문제는 딱 먹여 주고 재워 주기만 할 것이라는 것이다. 유흥이나 노후 따위는 챙겨 줄 리 없다.

애초에 그 정도로 조직이 오래가지 못한다는 것쯤은 5년간 굴러먹은 조강필도 알고 있다. 그 정도 되려면 규모가 있어야 하는데, 그 정도의 규모로 키우려고 하면 경찰의 표적이 되기 때문이다.

또한 전국구라고 하는 조직들은 정치권에까지 선이 닿아 있는데 김덕배는 그럴 만한 위인이 아니었다.

"잠깐 생각 좀 해 보겠습니다."

"가능하면 빨리 생각해. 출두일까지 얼마 안 남았으니까."

"뭐라고요?"

자신도 모르는 사이에 출두일까지 정해졌다는 말에 조강필은 입을 쩍 벌렸다.

"그게 무슨 말입니까, 형님?"

"말 그대로다. 시간만 끌어 봐야 좋을 게 없잖아?"

"이⋯⋯."

"내가 방 정리할 시간은 됐으니 걱정하지 말고."

조강필은 등골이 오싹해지면서 이미 늦었다는 것을 느꼈다.

⚖

'이런 씨발 놈들.'

자신을 바라보는 눈빛들.

하지만 과거에 동료를 보는 그 눈빛이 아니었다. 자신을 감시하는 그 눈빛.

'빌어먹을.'

저들은 자신이 도망갈까 봐 감시하는 것이 확실했다. 자신의 자취방 앞에도 들어갈 때면 한 명이 지키고 있다. 창문 쪽에도 다른 사람이 있는 게 확인되었으니 도망갈 길이 없는 것이다.

'개자식들.'

물론 이해는 한다. 일이 커지기 전에 자수하는 형태로 일을 끝내려고 하는 것이다. 그렇게 되면 자신들에게 조사가 들어오지 않는다.

형사 고소는 들어갔지만 그동안 관리해 온 경찰들이 필사적으로 사건을 묻고 있는 상황.

이런 상황에서 희생양 하나만 투입하면 모든 것은 없는 일이 된다.

'하지만 난……'

저들은 벗어날 수 있을지도 모르겠지만 자신의 인생은 박살 난다는 걸 아는 그로서는 절대로 그들 말대로 끌려갈 수가 없었다.

'그렇다고……'

도망가는 게 문제가 아니다. 말로는 좋게 부탁한다고 했지만 사실 그가 자수하지 않으면 보복이 들어올 게 뻔하다.

그 보복은 최소한 병신이 되는 것일 게다. 최악의 경우 죽을지도 모르고 말이다.

'난……'

그렇게 죽고 싶지 않은 조강필은 가슴이 답답했다.

그런 그에게 하늘에서 내린 기회가 온 것은 며칠 후였다.

"이건?"

법원에서 나온 명령문. 두 번째 조정 기일이 잡혔으니 출석하라는 말이었다. 그러자 조강필의 눈이 반짝거리면서 빛나기 시작했다.

⚖️

"3년요?"

노형진은 '풋' 하고 웃었다.

조정 직전에 노형진을 만난 그가 도움을 요청해 온 것이다. 아무리 조폭들이 자신을 감시한다고 해도 법원 안으로는 들어오지 못하니까.

노형진은 그에게 느긋하게 상황에 대해 설명해 주었다.

"고작 그거밖에 안 나올 거라 생각합니까?"

"고작?"

"7년은 나옵니다, 최소한."

"뭐라고요? 난 그렇게 많이 안 해 먹었는데……."

"그거야 당신 입장이죠. 그런데 자수하는 게 무슨 의미인지 아십니까?"

"제가 모든 죄를 뒤집어쓴다는 거겠지요."

"네, 모든 죄이지요, 모든 죄. 우리가 고소한 것이 아닌 다른 모든 죄요."

조강필은 소름이 쫙 돋았다. 그렇다면 자신이 책임져야 하는 것은 최근에 벌어진 모든 것이 아니라 그곳이 생기고 벌어진 모든 일이라는 뜻이 된다.

"피해액이 얼마나 될까요? 최소한 10억은 넘을 것 같은데."

"……."

피해액이 10억이 넘고 피해자는 수백 명은 넘을 것이다. 그게 고작 3년 만에 끝날 리 없다.

"더군다나 이 사건은 마약까지 껴 있지요."

"헐."

"마약은 전혀 다른 범죄입니다."

"그게 무슨……."

"당신한테는 그저 갈취 부분만 이야기했나 본데, 아마 들어가면 마약까지 뒤집어씌울 겁니다. 그러면 당신은 최소한 10년간은 세상 구경을 못 할 겁니다."

"하지만……."

"설마 마약은 다른 사람이 뒤집어쓸 거라 생각하신 겁니까? 순진하시네요. 이 사건에서는 마약을 빼고 이야기가 진행될 수 없습니다. 그런데 마약 빼고 갈취만 했다? 말도 안 되죠."

부정할 수가 없었다. 저들이 모든 책임을 자신에게 뒤집어씌우고 벗어나려고 하는 상황이다. 그런데 마약을 뺄 리 없다.

애초에 마약으로 인해 사람들이 기절한 것이 확실한 상황이다. 그런 상황에서 자신이 갈취했다는 것은 자신이 마약을 먹였다고 인증하는 것이나 다름없다.

'쯧쯧, 멍청하긴.'

보아하니 단순 갈취만 생각하고 있었던 모양이었다.

하긴, 그게 당연하다면 당연한 거다. 제대로 법적인 지식
이 없는 그로서는 갈취만 생각할 수밖에 없다.

"그, 그러면 전 어쩐란 말입니까!"

조강필은 털썩 주저앉았다. 자신이 벗어날 길이 도무지 보
이지 않았던 것이다.

"간단하죠. 자수하면 됩니다."

"하지만 자수하면······."

그러면 어마어마한 손해배상과 기나긴 형량이 기다리고
있다.

"그건 정해진 놈에게 자수할 때의 이야기고요."

"정해진 놈?"

"네, 말씀은 안 하셨지만 보통은 이미 이야기가 끝난 사람
이 있을 텐데요?"

"······."

맞는 말이다. 자신에게 죄를 뒤집어씌울 경찰은 이미 준비
되었다.

"하지만 다른 사람에게 자수하면 이야기가 달라지지요."

"에?"

"당신은 그저 일당을 받고 일한 거다. 그러면 손해배상 책

임은 상당히 감경됩니다. 그리고 조직원들 전부가 그 책임을 나누게 되죠."

"배신을 하라는 겁니까!"

전에는 반말했지만 절박하다 보니 절로 존댓말이 나오는 조강필이었다.

"어차피 저쪽에 배신당한 건 당신 아닙니까?"

"……."

"그리고 저쪽이 모든 책임을 지면 당신은 감옥에 안 갈 수도 있지요."

"감옥에 안 간다?"

그게 가능할 거라고는 그는 생각도 못 했다.

"하지만 이미 수사 중이라서 어차피 자수해도 다시 그쪽으로 갈 텐데요?"

이미 뇌물을 받은 녀석이 수사 중인 사건이다.

그리고 그 사건에 관해서 자수해 봐야 다시 그에게 배당될 것이 뻔한 일.

"그렇지요. 하지만 다른 이유로 자수하면 됩니다."

"어떤 거 말이지요?"

노형진은 싱긋 웃었다. 이 순간을 기다리고 있었기 때문이다.

"가령…… 뇌물을 줬다는 것에 대한 자수 같은 거 말이지요."

"뇌물?"

"네, 그들이 공짜로 당신들을 지켜 주고 있지는 않을 거 아닙니까?"

"그게 무슨……?"

"당신이 뇌물죄로 자수하면 그 경찰들은 사건에서 손을 떼게 됩니다. 그리고 사건은 원점으로 돌아가 다시 수사하게 되지요."

"아!"

그렇게 되면 그들의 약속은 의미가 없게 된다. 자신에게 뒤집어씌우지도 못하고, 조직도 자신을 감방에 보내지 못한다. 거래한 형사들이 감옥으로 갔을 테니까.

'나도 그 녀석들을 아니까…….'

정확하게 그들을 아는 건 아니다. 하지만 그들은 지난 몇 년간 수차례 업소에 와서 술과 돈 그리고 여자를 접대받았다. 대충 이름을 알고 있고, 설령 이름을 모른다 해도 얼굴은 알고 있다.

"그 후부터는 일사천리입니다."

그들이 없으면 그들에 대한 조사가 제대로 시행될 테고 사건은 그대로 드러날 것이다.

"당신 같은 경우는 처벌받을 수도 있지만…… 자수라는 건 상당한 감경 사유가 되거든요."

"……."

"어떻게 하시겠습니까?"

"전……."

그는 말을 더듬거렸지만 사실 선택할 카드는 하나뿐이라고 봐도 무방했다. 10년간 감옥에 갔다 와서 인생을 종치느냐, 아니면 자수해서 가벼운 처벌로 끝나느냐는 과정 중에서 말이다.

"조직원들이……."

"10년입니다."

"큭."

조직원들이 겁나기는 하지만 10년간 감옥에 가 있을 건 그들이다. 아무리 짧다고 해도 5년은 될 것이다.

"그 정도면 그들은 세상에서의 힘을 잃어버리지요."

그리고 그가 신분을 감추고 숨어 버리기에 충분한 기간이기도 하다.

'씨팔…….'

다른 사람이라면 가족 문제가 고민이겠지만 애초에 가족이라고 하는 사람들, 아니 작자들은 자신과는 관련이 없다.

가출한 엄마, 매일같이 자신을 때리던 아버지. 그나마 자신을 보살피던 사람은 할머니였지만 돌아가신 지 오래.

"자수하러 가고 싶습니다."

결국 그는 마음을 굳혔다. 자수해서 광명을 찾는다기보다는 자수해서 이 지긋지긋한 굴레를 벗어나고 싶었다.

"하지만 저 녀석이 놔둘 리 없습니다. 자수하러 가면 절 죽이려고 할 겁니다."

혹시나 사고를 칠까 봐 자신을 감시하는 게 그들이다. 그들을 버리고 자수하러 가는 것은 쉬운 일이 아니다.

"아, 그 부분은 걱정하지 마세요."

"네?"

"여기가 어디죠?"

"여기는 법원……이군요."

노형진은 미소를 지으면서 웃었다.

"법원 옆에는 검찰청이 있기 마련이지요, 후후후."

⚖

"이런 씨발……."

김덕배는 당황했다. 조강필이 법원에서 튀었다는 소리를
들은 지 이틀도 되지 않았는데 영장이 날아온 것이다.

"수색영장입니다."

"당신들 뭐야! 여기가 어디라고!"

일단 화를 내 봤지만 이미 그들을 어떻게 할 수는 없는 상황.

"너, 내가 누군지 알아! 내 친구가 부서장이야! 부서장! 아
냐고, 이 새끼들아!"

일단 자신을 돌봐 주던 부서장을 팔아 보는 김덕배.

하지만 그다음 순간 들려온 말은 그의 머리를 강타하는 충
격적인 사실이었다.

"아, 부서장? 지금 뇌물 수수랑 비리 혐의로 조사받는 그

인간?"

"뭐?"

"넌 글자도 모르냐? 이거 안 보여?"

깐죽거리는 경찰의 말에 그는 홀린 듯 수색영장을 보았다. 거기에는 비리 관련 수색이라고 명시되어 있었다.

"이…… 무슨……."

"너희가 뇌물 준 거 다 알아."

"뭐라고?"

"공무집행방해죄로 끌어낼까?"

"……."

설마 비리와 관련해서 자신이 걸릴 거라고는 생각도 못 했던 김덕배는 말 그대로 멘붕 하고 있었다.

"아직 못 들어가셨나 봐요?"

그 순간 들리는 목소리. 형사들 너머에서 보이는 것은 다름 아닌 노형진이었다.

"다른 서에서 여기까지 오셨는데 설마……."

"그럴 리가 있겠습니까?"

짜증스러운 얼굴이 되는 경찰들.

이쪽 담당 경찰관들이 줄줄이 비리로 연루되고 또 그 가능성이 높아지자 아예 다른 경찰서에서 파견이 온 것이다. 그런데 그런 비리자들과 같은 경찰로 보니 기분 나쁠 수밖에.

"들어갈 겁니다. 당신, 비킬 거야, 안 비킬 거야?"

이제는 아예 수갑을 꺼내서 흔드는 경찰.

'이런 씨발…….'

상황이 이쯤 되면 자신이 할 수 있는 것은 없다. 비켜서 조사를 받든, 아니면 안 비켜서 체포당하든 이제 수사를 막을 수 없게 된 것이다.

"비키겠습니다."

조덕배는 결국 뒤로 물러났고 그 뒤로 경찰들이 우르르 들어갔다.

'큭.'

조덕배는 노형진을 무섭게 노려봤지만 그는 그저 씩 웃을 뿐이었다.

'설마 내가 이런 식으로 치고 들어갈 거라고는 생각하지 못한 모양이지.'

사람들은 범죄를 감출 때 한 가지만 보는 경향이 있다. 그러나 범죄를 저지르기 시작하면 걸리는 범죄는 한두 가지가 아니다.

그 유명한 갱인 알 카포네의 경우 그를 체포했던 이름은 살인이나 마약이 아닌 탈세였다. 큰 범죄에 신경을 쓰다가 결국 작은 범죄로 인해 걸려들어 간 것이다.

'그렇지.'

이런 폭력 조직도 마찬가지이다. 그들은 나름 관리한다고 하지만 정작 그게 범죄였다. 그들은 신경 쓰지 못하는 듯하지만 말이다.

"자료 찾아봐!"

"여기 금고가 있습니다."

압수 수색이 시작되자 다들 여기저기 돌아다니면서 수색하기 시작했다. 그러나 김덕배는 그걸 보면서도 이를 갈 뿐 당황하거나 도망갈 생각을 하지 않는 듯했다.

그 표정을 본 노형진은 속으로 피식 웃었다.

'비밀 금고라도 있는 모양이군.'

상식적으로 그렇지 않다면 그가 저렇게 느긋할 리 없다. 엄청난 양의 비밀 장부와 누군가에 뇌물을 줬다는 기록이 그 안에 숨겨져 있을 것이다. 하지만 누구도 생각하지 못할 곳에 있다고 믿고 있으니 저렇게 당당할 게 뻔했다.

"흠…… 마땅한 게 없군요."

이리저리 뒤지고 온 검사가 곤혹스러운 듯 다가왔다.

"그런가요?"

"아무래도 사전에 치운 것 같은데요?"

김성식 변호사가 소개시켜 준 그는 사건을 해결하는 데에 있어서 열과 성을 다하는 타입이라고 했다. 한데 기다리지 않고 여기까지 와서 일일이 증거를 확인하는 걸 보니 그에 대한 평가는 맞는 모양이었다.

"장부도 멀쩡하고 특이 사항도 없고요."

수색영장은 조강필이 자수하며 한 말 덕분에 받을 수 있지만 공소 유지는 그 이상의 뭔가가 필요하다. 하물며 지금 경찰은 탄압이라면서 게거품을 물고 있다. 그럴 수밖에 없는 게 해당 경찰서 경찰관의 3분의 1이 수사 대상이 되어 버렸기 때문이다. 그러니 좋게 생각할 수가 없다.

"이러면 우리도 곤란한데요?"

검찰로서는 경찰에 싸움을 건 셈인데 증거가 없으면 자신들이 할 말도 없다. 그러니 그로서는 영 불편할 수밖에.

노형진은 그런 그를 슬쩍 도와주기로 했다.

'어차피 그게 목적이니까.'

저들을 때려잡아야 친구를 비롯한 피해자들이 돈을 찾을 수 있기 때문이다. 단순 뇌물로 저들이 처벌받으면 돈을 돌려받지 못한다.

"그거 아십니까?"

"뭐 말입니까?"

"여기 손님들한테 물뽕 타 먹여서 돈 긁어내는 업소라는 소문이 있습니다. 제 친구도 당했고요."

"물뽕?"

"네."

검사가 눈을 찌푸리면서 주변을 둘러봤다. 확실히 자신이 알기에도 일반적인 고급 룸살롱이라 하기에는 뭔가 부족한 곳이었다.

"하지만 아무리 뒤져도 나온 게 없는데요?"

"그러니까요."

"네?"

"왜 뒤졌는데 나온 게 없을까요?"

검사의 눈에서 불이 번쩍 켜졌다. 어딘가 자신이 모르는 공간이 있는 것이다. 그리고 그곳에서 자신들이 찾는 증거가 있다는 소리였다.

"아, 그리고 보니."

"그리고 보니?"

"피해자가 이백 명이 넘습니다."

"넘는다고요?"

"네, 그렇다고 하더군요."

"잠깐만…… 아까 물뽕이라고 했습니까?"

"네."

검사의 머릿속에는 수많은 가능성들이 떠오르기 시작했다. 이백 명분의 마약. 그건 결코 작은 게 아니다.

그리고 그걸 이런 식으로 쓴다는 것은 뒤에 누군가 마약을 공급하는 놈이 있다는 뜻이다.

'그놈을 잡는다면…….'

단순히 뇌물죄가 아니라 더 큰, 어쩌면 자신의 검사 인생을 확실하게 바꿀 수 있는 커다란 사건이 될 수 있을지도 모른다.

"검사님, 아무것도 없는데요?"

이것이법이다

경찰이 찾다 찾다 못 찾아서 다가왔다. 그러나 이미 그 말은 검사의 귀에 들어오지 않았다.

"더 찾아보세요."

"네?"

"더 찾아보세요. 여기 어딘가에 확실한 증거가 있습니다."

"하지만 벌써 세 시간째 찾고 있는데…….."

"있다면 있는 겁니다. 한번 찾아보세요!"

"네…….."

결국 어쩔 수 없다는 듯 어깨를 으쓱하고 가는 경찰.

그걸 보면서 노형진은 미소를 지었다.

'자, 이제 떡밥은 다 뿌렸고.'

남은 것은 증거를 찾는 것뿐이다.

'이 정도는 도와줄까?'

사실 압수 수색을 하는 게 한두 번도 아닐 텐데 못 찾는다는 것은 그게 생각지도 못한 곳에 감춰져 있다는 뜻이다.

'그림 뒤쪽 같은 뻔한 공간은 아닐 거야.'

경찰이나 검찰의 직원이 압수하러 갔는데 그런 곳을 찾아보지 않았을 리 없다. 가장 많이 금고를 숨기는 공간이 바로 그림 뒤쪽이기 때문이다.

'기억을 읽으면 쉽기는 하지만.'

느긋하게 벽에 기대서 담배를 피우는 김덕배를 보고 노형진은 잠깐 고민했다. 담배를 문 그의 입꼬리는 살짝 올라가 있었다.

'너무 쉽게 해도 그게 재미가 또 없단 말이지.'

보아하니 검사는 큰 건인 걸 눈치채고 밤새도록이라도 수색할 모양인 듯하니 노형진은 간만에 자신의 머리로 장소를 추적해 보기로 했다.

'일단 외부는 아니야.'

손님을 끌고 올 때마다 어디선가 약을 가지고 왔다. 그리고 그걸 먹여서 그들에게서 돈을 뜯어냈다.

'벽도 아닐 테고.'

수사관들은 벽을 두들겨 보면서 비밀 공간을 찾고 있다. 같은 의미에서 바닥 역시 아니다. 그 공간은 사람들이 뭔가를 가장 많이 감추는 곳이라 두들겨 보면서 찾아보는 게 기본이기 때문이다.

'그림이나 책상도 아니고.'

책상은 공간이 없어 보인다. 작은 물건이면 몰라도 상당량의 증거를 감출 수는 없다. 그림이야 가장 먼저 뒤졌을 테고.

'흠…….'

노형진은 느긋하고 주변을 돌면서 있을 만한 곳을 찾았다.

'룸살롱 내부인가?'

그럴 가능성도 낮다. 이미 소파는 다 뜯겨 있고 솜이 날아다니고 있다. 경찰이 수색했다는 의미이다.

'스피커도 아니고.'

텔레비전 뒤쪽은 꺼낼 수도 없는 구조다.

'남은 건……'

노형진은 슬쩍 눈치를 보면서 화장실 안쪽으로 들어갔다.

이미 화장실 안쪽도 수색이 끝난 상태였다. 변기의 물통에 물건을 넣을 수 있기 때문이다. 하지만 지저분할 뿐, 남은 게 없었다.

'하긴, 가장 뭘 숨기기 애매한 곳이 화장실이지.'

아무것도 없이 휑하기 때문에 뭔가를 감추는 것은 쉬운 일이 아니다.

"응?"

노형진은 무심코 그곳을 나가려고 하다가 순간 멈칫했다.

"이게 뭐지?"

그가 발견한 것은 소변기였다.

"이상한데?"

그가 이상하다고 생각한 것은 다름 아닌 두 소변기의 위생 상태였다.

제대로 관리되지 않은 듯 지저분한 소변기들.

그런데 유독 하나만 이상하게 깨끗했다.

"고장이라……"

거기에 붙어 있는 '고장'이라고 적힌 종이. 그런데 얼마나 오래된 건지 누런색으로 말라붙어 있었다.

"확실히……"

고장이 난 것을 안 쓸 수는 있다. 소변기가 한두 개만 있는 것도 아니고 말이다.

하지만 그렇다고 해도 이렇게 깨끗하다는 건 말이 안 된다. 심지어 설치된 후 한 번도 안 쓴 것처럼 깨끗한 상황.

"오호라?"

노형진은 그걸 살피다가 피식 웃었다.

일반적으로 소변기는 고정시키고 물이 새는 것을 막기 위해 하얀색의 시멘트로 아래를 봉한다.

하지만 자세히 보니 그 소변기의 아래쪽은 하얀 시멘트가 아닌 실리콘으로 봉해져 있었다.

물론 실리콘도 쓸 수 있긴 하지만.

"실리콘이 이렇게 붕 떠 있으면 이야기가 달라지지."

바닥에 고정된 게 아니라 바닥에서 살짝 떨어져 있는 상황. 위에서는 이상한 걸 모르겠지만 엎드려서 보니 확실히 눈에 들어왔다.

"실리콘이 이렇게 붕 떠 있으면 이야기가 달라지지."

아예 바닥에 고정된 게 아니라 바닥에서 살짝 떨어져 있는 상황. 위에서는 이상한 걸 모르겠지만 엎드려서 보니 확실히 눈에 들어왔다.

"뭐 하십니까?"

때마침 화장실로 들어오던 검사는 고개를 갸웃했다. 변호사가 화장실에 엎드려 있으니 이상하게 보인 것이다.

"아니요. 이게 좀 이상해서요."

"이상?"

"이걸 보세요."

노형진이 실리콘 부위를 가리키자 그는 똑같이 엎드려서 그 부분을 살폈다.

"좀 떴군요."

"네."

"잘못 만든 건가요?"

"그것보다는 나중에 뗀 것 같은 느낌이죠. 그리고 벽 쪽 실리콘 말입니다, 이상하지 않습니까?"

"벽 쪽이 왜…… 어라? 닳았네요?"

벽 쪽에 있는 실리콘은 어째서인지 닳아 있었다. 이건 말도 안 된다. 실리콘의 목적은 어느 부위를 고정시키고 막기 위한 것이다. 그런데 그게 닳았다는 것은 그 부위가 움직였다는 소리다.

그러는 사이 사람들이 모여서 노형진과 검사를 이상하다는 듯 바라보았다. 변호사와 검사 두 사람이 바닥에 엎으려 있으니 그럴 만도 했다.

"이거, 덜그럭거리네요."

노형진이 일어나서 소변기를 흔들었다. 미세하지만 확실히 흔들리는 느낌.

"그런가요?"

검사도 그걸 흔들어 봤는데 확실히 흔들리는 느낌이 있었다.

"이거…… 움직일 수 있겠는데요?"

노형진은 그걸 보면서 말했다. 다만 그걸 움직이기 위한 방법은 알 수가 없었다.

"김덕배에게 물어봐야 할 것 같습니다."

"글쎄요. 김덕배가 이야기해 줄 것 같지는 않은데요?"

입구 쪽에서 얼굴이 파랗게 질린 김덕배를 발견한 노형진이 피식 웃으면서 말했다. 그런 그의 표정에 고개를 돌린 검사도 김덕배를 발견하고는 씩 웃었다. 그 얼굴색이 자신이 방향을 제대로 잡았다는 것을 알려 주고 있었기 때문이다.

"그래요? 그러면 하는 수 없죠."

그는 씩 웃으면서 김덕배에게 질문을 던졌다.

"이봐, 이거 얼마야?"

"네?"

차마 검사에게 반말하지 못한 김덕배는 존대로 다시 물었다. 그러자 그런 그에게 검사는 다시 한 번 물었다.

"소변기 가격 얼마냐고."

"그, 글쎄요? 저도 잘……."

"확실한 건 100만 원은 안 넘는다는 거지?"

"글쎄요."

"안 넘습니다."

마지막 대답은 노형진이 한 것이다. 그리고 그걸로 결정이

났다.

"그래요? 그렇다면야."

검사는 씩 웃었다.

"열 필요가 없지요."

어떤 방식인지 모르지만 어떤 방식을 쓰면 이게 분명히 움직일 것이다. 그러나 자신들은 그 방식을 모른다. 그리고 김덕배가 알려 줄 리도 없다.

"부수면 그만이지요."

"안 돼! 그거 부수면 신고할 거야!"

순간 발악하는 김덕배.

'큭큭, 이럴 줄 알았다.'

소변기가 깨끗한 이유가 있을 수밖에 없다. 수시로 열고 닫아야 하는 건데 누가 더러운 걸 만지려고 하겠는가?

마약에 취한 손님들이 여기 와서 오줌을 눌 리는 없고, 직원들은 아니까 이 소변기를 사용하지 않았을 것이다. 그래서 유독 깨끗할 수밖에 없었던 것이다. 그리고 그게 패착이었다.

"나 말이야……."

검사는 잠깐 나갔다 오더니 주먹을 불끈 쥐었다. 그의 손에는 커다란 쇠망치가 들려 있었다. 벽에 감춰진 물건이 있는 경우 그걸 꺼내기 위해 가지고 온 장비였다.

"해병대 나온 사람이야. 해병대의 모토가 뭔지 알아?"

"안 돼!"

비명을 지르는 김덕배. 그리고 하늘을 나는 커다란 쇠망치.

"안 되면 되게 하라야!"

콘크리트도 아니고 사기로 된 소변기가 쇠망치를 버틸 수 있을 리 없었다.

요란한 와장창 소리와 함께 소변기는 박살이 나 버렸는데, 그 뒤로 휑하니 뚫린 구멍이 보였다.

"휘유."

일반적으로 벽이 있어야 하는 자리에 보이는 것은 커다란 구멍과 그 너머에 보이는 뭔가에 연결된 유압식 장비였다. 그리고 그 아래에 있는 수많은 서류들과 맨 위 칸에 있는 상자.

"아……."

노형진이 상자를 열자 절망적으로 털썩 주저앉는 김덕배.

딸깍 소리와 함께 열린 상자에는 상당한 양의 물뽕이 작은 유리 캡슐 안에 찰랑거리면서 담겨 있었다.

"이거, 못해도 200인분은 되겠는데요."

"200인분은요. 400인분은 됩니다."

검사는 헤죽 웃으면서 그걸 바라보았다.

⚖

"나중에 소고기 사 주마."

"고작 소고기로 끝이냐? 나 변호사야, 인마."

"그러면? 룸살롱?"

"아직도 정신 못 차렸네. 가서 물뽕 한 잔 더 하시려고?"

석문식에게 말하면서 노형진은 씩 웃었다.

"안 사 줘도 되니까 어서 졸업이나 해라."

"짜식."

"하하하."

"그런데 왜 말 안 한 거야?"

"뭐?"

"채림이 너희 회사에서 일하는 거."

"아, 그거 어쩌다 보니 그렇게 된 거야."

"혹시 너희……."

의미심장한 눈빛으로 바라보는 친구들. 하지만 노형진은 손사래를 쳤다.

"아니야, 전혀. 그런 거 아니거든요."

"그래?"

"그래."

"혹시 말이야."

"응?"

"너 고자냐? 아니면 금단 쪽이라든가……. 후자면 나 볼 생각은 말고."

"전자도, 후자도 아니다. 설사 후자라고 해도 너를 상대로? 꿈도 꾸지 마."

키득거리는 친구들. 일이 해결되었고 돈은 모조리 돌려받았다. 그러니 마음이 느긋해진 것이다.

"뭐, 너희가 알아서 할 일이기는 하지."

노형진과 손채림에 대해 친구들은 더 이상 묻지 않았다. 손채림의 아버지가 노형진을 극도로 싫어한다는 것은 다 아는 사실이니 말이다. 물론 집안에서 손채림이 쫓겨난 건 모르고 있지만.

"그나저나 사건은 이제 끝난 거야?"

"너희한테는. 하지만 다른 곳은 이제 시작이야."

검사의 조사 결과, 피해자는 육백 명은 넘어가고 있었다. 드러난 것만 그 정도이고 아직 드러나지 않은 사람까지 생각하면 얼마나 더 있는지 알 수가 없다.

경찰 조직은 단순 갈취 정도로 생각하다가 마약까지 동원되었다는 사실에 기겁하면서 자신들은 모른다고 발뺌했지만 워낙 증거가 넘쳐서 벗어날 수는 없는 상황이었다.

"아마 상당수 해직될 거야."

직접적으로 관련된 자들은 죄다 해직이다. 그렇지 않는 자들도 징계와 더불어 다른 지역으로 발령되는데, 문제는 이 지역이 아니라 어디 섬이나 저기 산속으로 가게 될 거라는 것이다.

'그만두라는 소리지.'

내부적으로 편들어 주고 싶어도 마약까지 관련된 사건이

라 그럴 수가 없었다. 더군다나 그걸 예상한 건지 검사도 조사를 경찰에 넘기는 게 아니라 직권으로 자신들이 하고 있기 때문에 막을 수도 없었다.

"마약은 말로는 중국을 통해 가지고 온 모양이야."

"무서운 놈들. 아니, 그걸 왜 쓴 거야?"

"혹시나 하는 생각이 든 거지. 너희도 겪어 봤지만 물뽕은 기억을 날려 버리는 효과가 있거든."

술에 취해서 흐느적거리는 사람이라고 해도 기억이 아예 없는 건 아니다. 그러니 그들에게 돈을 뜯어냈다가는 신고도 많아질 테고 재수 없어서 위와 선이 닿은 인간이라면 자신들도 곤란해진다.

"하지만 물뽕을 쓰면 기억 자체가 날아가 버리니까. 그게 괜히 데이트 강간 약이라고 불리는 게 아니다."

기억이 전혀 나지 않으니 신고해 봐야 의미가 없는 것이다. 유전자가 남아 있을지 모르지만 유전자도 비교 대상이 있어야 특정하는 거니까.

"자기 딴에는 확실하게 하기 위해 약을 쓴 거지."

하지만 도리어 그게 문제가 된 것이다.

"멍청한 거 아냐?"

만일 돈만 빼앗은 거라면 갈취되었을 것이다. 하지만 마약까지 끼는 바람에 형량이 아주 크게 늘어날 수밖에 없다.

"세상은 가끔 멍청한 놈들이 많거든."

노형진은 그렇게 말하면서 피식 웃었다.

"그리고 말이야……."

"응?"

"그 녀석들이 멍청한 거면 거기에 당한 너희들은 뭐냐?"

"우리?"

"우리야 뭐 상멍청이지들이! 우하하하!"

"이참에 조직을 만들자. 노형진과 멍청이들 어때?"

"거기에 난 왜 끼는데?"

"네가 제일 똑똑하잖아."

"부정은 못 하겠는데……."

왠지 자신이 놀아난다는 느낌에 노형진은 자신이 멍청해진 게 아닌가 하는 생각하다가 웃을 수밖에 없었다.

이것이 법이다

너무 이른 축포

"만세!"

"위하여!"

유민택은 오늘 하루는 너무나 행복했다. 너무나 행복해서 눈물이 날 지경이었다.

"이제 끝이 보입니다."

"수고하셨습니다, 회장님!"

사장단은 유민택을 축하했고, 새론 역시 그런 유민택과 함께 파티를 즐기고 있었다.

"하하하."

공식적으로는 오늘의 파티는 대룡건설의 아파트 완공 축하 파티다. 물론 그건 말 그대로 외부적이고 공식적인 파티의 이름일 뿐이다. 매년 수많은 아파트 단지를 올리는 게 대롱건설인데 그때마다 파티를 하지는 않는다.

"자네들이 도와준 덕분이네."

유민택은 자신도 모르게 눈물이 찔끔 흘렀다.

"벌써 울면 어쩌십니까? 아직 안 끝났습니다."

"그렇지."

오늘 파티를 하는 이유는 다름 아닌 성화 때문이다.

물론 성화와 화해했다거나 그들이 항복한 것은 아니다.

하지만 아주 거대한 승리, 그것도 확실한 승리를 손에 넣었다.

"그 성화가 몰락할 거라고는 생각하지 못했네."

"그동안 받은 타격이 작은 게 아니었으니까요."

대한민국은 기업의 규모를 구분해서 지원 같은 걸 차등적으로 적용한다. 그리고 대롱과 성화는 분류상 대기업에 들어간다. 그런데 얼마 전 성화가 대기업에서 탈락한 것이다.

"이제 중견 기업입니다, 성화는."

"그래, 중견 기업이지, 후후후."

대기업과 중견 기업의 차이는 어마어마하다.

물론 대기업이었던 성화가 중견 기업으로 떨어지면서 그들이 중견 기업 중 1순위가 되었다고 하지만 그 차이는 엄청나게 크다.

야구로 치자면 메이저리그와 마이너리그만큼이나, 아니 그 이상 차이가 난다. 메이저리그는 엄청난 돈이 돌고 또 엄청난 대우를 받지만 마이너리그는 가난한 스포츠일 뿐이다.

"솔직히 성화와 싸움을 시작할 때만 해도 이길 수 있을 거라 생각하지 못했네."

재계 순위는 거의 비등하다고 하지만 김화자가 기업 자체를 망가트려 놓아서 유민택이 복귀했을 때는 도무지 방법이 없어 보일 지경이었다. 그런데 그 상황에서 모든 걸 이겨 내고 아주 큰 승리를 손에 넣은 것이다.

"아마 지금쯤 눈물 좀 빼고 있을 거야, 후후후."

단순히 규모가 줄어서 이렇게 파티를 하는 게 아니다.

대기업과 중견 기업이 본격적으로 싸우면 중견 기업이 이기지 못한다. 더군다나 성화의 자산은 대부분 부동산으로 묶여 있고 상당수 돈이 되는 사업에서 대룡에 연전연패하고 있는 상황.

"은행에서도 대출을 꺼리겠지요."

"그렇겠지."

일반인은 잘 모른다고 하지만 은행 같은 곳에서 대룡과 성화의 싸움을 모를 리 없다. 지금까지야 상황이 확실하지 않아서 중간에서 눈치만 봤지만 이로써 대룡이 이기고 성화가 지고 있다는 증거가 확실해졌다. 당연히 은행에서는 지고 있는 성화에 추가적 대출을 하려고 하지 않을 것이다.

'현금 유동성이 끝장나면 기업도 끝이지.'

지금 성화는 가지고 있는 부동산 자산을 다급하게 매각하려고 하는 상황일 정도로 자금줄이 막혀 있었다.

"2년이라고 하더군."

"네?"

"전략부에서는 성화의 생명이 길어 봐야 2년이라고 생각하고 있네."

"그렇게 빠르게요?"

"이제 중견이니까."

"아!"

지금까지 대룡과 성화의 싸움을 구경만 하던 대기업들은 성화의 남은 자산을 털어 먹기 위해 덤벼들 것이다. 그게 현실이다. 그렇다고 대룡이 공격을 멈출 것도 아니니 성화의 생명은 그야말로 꺼져 가는 불꽃이었다.

"자네 덕분이네."

"별말씀을요."

사실상 승리를 거머쥔 이상 남은 것은 마무리뿐.

다들 그 기쁨에 취해서 잔을 높이 들고 만세를 불렀다.

그렇게 그날의 파티가 한창 즐거운 분위기로 이어 가고 있을 때였다. 갑자기 문이 벌컥 열리면서 한 사람이 들어왔다.

"오? 박 사장, 늦었구먼."

그는 계열사 중 한 곳을 담당하는 사장이었다. 그다지 큰 곳은 아니지만 그래도 나름 능력이 있는 사람이라고 알려진 사람이었다.

그런데 그의 얼굴은 사색이 되어 있었다.

"회장님, 큰일 났습니다!"

"큰일? 무슨 큰일? 운석이라도 떨어진다는 건가? 하하하."

다들 웃고 말았다. 이 상황에서 큰일이라고 해 봐야 성화가 신제품을 개발했다는 정도이기 때문이다. 그리고 자신들이 아는 한 이 상황을 반전시킬 정도로 강력한 신제품은 성화의 개발 목록에 없었다.

"김화자가…… 김화자가…….

"김화자? 그년이 왜?"

자신의 옛 아내이자 대룡을 망치려고 했던 주범의 이름이 나오자 대번에 얼굴이 찌푸려지는 유민택.

하지만 지금의 정보는 그가 기분이 나쁘다고 해도 말해야 했다.

"김화자가 결혼했습니다!"

파티장의 분위기는 차갑게 가라앉았다.

⚖

김화자의 결혼. 그건 생각하지도 못한 사항이었다.

사실 법적으로 그녀는 싱글이니 문제는 없다. 문제는 그 대상이었다.

"대동이라니."

파티고 뭐고 다급하게 다시 본사로 돌아온 유민택은 기록을 보면서 신음성을 흘렸다.

"대동이라 하면?"

"자네가 도피시켜 준 사람 기억하지?"

"기억하지요."

김유미.

성화의 핏줄이지만 이혼당한 여자가 데려간 핏줄이다. 그 후 성화에 반강제로 편입되어 팔려 갈 뻔한 걸 노형진이 구해 주고 실질적으로 사망자로 만들어 줘서 성화의 추적을 피할 수 있게 해 줬다.

그런데 그 당시 성화에서 그녀를 반강제로 시집보내려고 했던 곳이 다름 아닌 대동이었다.

"그래, 그때 그 결혼의 목적이 대동이라는 기업이 한국에 진출하는 것이었지. 성화는 대동이라는 아군을 가지는 게 목적이었고."

"네."

대동은 일본계 기업이라 한국 진출에 여러 가지 어려움을 겪고 있었다. 그래서 그걸 해결하기 위해 성화와 손잡으려고 했는데, 그 증표가 바로 김유미였다.

"설마?"

"꿩 대신 닭이라는 거지."

"김화자라니……."

김화자도 일단 동맹으로 삼기 위한 증거로서의 가치는 있다. 그녀도 성화의 핏줄이니까.

"그런데 김화자는 나이가 적지 않을 텐데요?"

"신강수에게는 아내가 없으니까. 그리고 어차피 이름이 목적인 거지, 육체적 관계가 목적이겠나? 자네도 알다시피 그쯤 되면 젊은 여자를 못 구하지는 않네."

"끄응……."

유미는 확실히 젊고 아름답다. 어차피 이름이 필요한 거라면 그녀를 노리는 게 맞는 것일 수도 있다. 하지만 그녀가 공식적으로 죽은 게 된 이상 다른 방법을 선택하는 수밖에 없다.

"그게 김화자군요."

"그래, 공식적으로 아내가 되고 혈맹이 된다는 건 변하지 않으니까. 하지만 이렇게 다급하게 된 걸 보니 아무래도 성화가 많이 숙이고 들어간 모양이군. 당연하다면 당연한 건가? 중견으로 떨어진 이상 회사의 미래는 결정되었다고 봐야 할 테니까."

대룡의 전략 팀에서 성화의 수명을 2년으로 잡았다.

당연히 성화에도 같은 일을 하는 팀이 있을 테니 그 기간이 다를 수는 있을지언정 조만간 성화라는 이름이 대한민국에서 사라지는 건 확실한 상황이었다.

해외 진출이라도 하면 살아날 수 있겠지만 가장 돈이 되는 미국 같은 경우에는 음식물을 이용한 테러 혐의 때문에 진출이 불가능하다.

"성화로서는 다급할 수밖에 없겠군요."

"그렇겠지. 현재 성화의 총자산이 5조 정도 될 거라고 예상하네. 그나마도 현금성 자산은 얼마 없고 골프장이나 건물 등에 몰려 있어서 유동성이 극도로 좋지 않은 모양이야."

성화가 몰락하면서 중견 기업으로 넘어가면 그동안 눈치를 보던 사람들은 당연히 대룡으로 몰려든다. 전쟁으로 치자면 저쪽은 사실상 방어선이 뚫리고 수도권까지 위협받고 있는 셈이기 때문이다.

"그런데 대동이 끼어든다라……."

"성화의 이름의 가치는 아직 있으니까. 그리고 대동은 이참에 성화를 집어삼킬 목적인 것 같기도 하고."

"끄응……."

"문제는 그 성화의 일파네. 사실 성화가 망해서 대동으로 넘어간다면 우리는 상관없어. 우리의 목적은 성화가 망해서 사라지는 것이니까."

"하지만 물건이 어디 가는 건 아니지요."

"그렇지."

성화라는 기업이 사라진다고 해서 그들이 가진 공장과 땅과 모든 자산이 갑자기 뿅 하고 사라지는 건 아니다. 그건 당연히 다른 기업이 뜯어먹게 될 것이다. 그중에는 대룡도 있겠지만 다른 기업들 역시 참여해서 뜯어먹을 것이다.

"그러니 그 부분은 상관없네. 하지만 우리가 껄끄러운 것은 대동의 행보야."

"그들을 포용한 겁니까?"

노형진의 말에 고개를 끄덕거리는 유민택.

"공식적으로 대동과 성화는 투자 형태로 하나의 브랜드를 만든다고 하지만 사실상 합병의 형태가 되어 갈 게 뻔하네. 그리고 성화의 일파는 한국 지부를 담당하는 형태가 될 거야."

"엄청난 규모겠군요."

"그렇지."

"그런데 그들이 성화와 대룡의 싸움을 모르는 겁니까?"

"모르겠나?"

그런데도 그들을 한국 지역의 대표로 선정했다는 것은 단 한 가지 의미만 가진다.

"우리와 싸우겠다는 거군요."

"그래."

"빌어먹을……."

대동은 일본에서도 엄청난 규모를 자랑하는 일본계 기업이다. 반일 정서가 강한 한국이기 때문에 수차례 한국의 진출이 실패해서 성화라는 이름을 가면으로 삼아 진출하려고 하는 게 목적이다.

"그런데 우리와 싸운다라……."

"애초에 그들의 목적은 그다지 좋지 못하니까."

"협상의 여지가 없습니까?"

"없네."

단호하게 선을 그어 버리는 유민택.

그런데 노형진은 그들의 행동 중 도무지 이해가 가지 않는 게 있었다.

사실 대동이 한국에 아예 진출하지 못한 것은 아니다.

분명히 한국에 대기업으로 등재되어 있다.

즉, 굳이 대동과 성화가 동맹을 맺을 필요까지는 없었던 것이다.

"도대체 왜 대동이 그렇게 성화에 집착하는 겁니까? 재계 순위가 낮은 것도 아니잖습니까?"

그런데 그들은 성화와 손잡아 가면서까지 어떻게 해서든 한국에서의 지분을 더 늘리려고 하고 있다. 도무지 이해가 가지 않는 행동이다.

"일단 대동의 근본 목적 자체가 한국과 양립이 불가능하니까."

"근본 목적요?"

"그래, 대동이라는 이름의 유래를 아나?"

"모릅니다. 이름에도 유래가 있나요?"

"있지. 그래서 그들과 양립할 수 없는 거고."

대동은 한국에 있던 친일파가 독립 이후 일본으로 도망가서 만들어진 기업이다. 그 당시 한국에서의 자산을 싹 쓸어가서 만들었기 때문에 그 규모가 상당했다.

대동이라는 이름도 '대동아공영권'이라는 말에서 따온 말이었다. 지금이야 제대로 된 교육이 이루어지 않아서 그걸 모르는 사람들이 대부분이지만 말이다.

"일본인이지만 일본인이 아닌 골수 친일파가 만든 집단이 대동일세. 자네도 변절자가 더 극렬하다는 거 알지?"

"알지요."

어떤 집단이든 변절한 사람이 더욱 극렬성을 가진다. 자신의 과거를 감추고 자신이 변절자라는 것을 지우고 싶어 하며 자신의 순수성을 주장하기 위해서다. 그래서 변절한 사람일수록 과거에 자신이 속했던 집단을 더욱 강하게 공격한다.

"대동이 그런 존재라는 말씀이십니까?"

"그러네. 그리고 대동이 공식적으로 한국에 진출해 있기는 하지만 기본적으로 건설을 기반으로 한 대규모 국책 사업을 많이 하지, 일반적인 친국민 사업은 별로 한 적 없네."

"그런가요?"

"그래."

한국에 진출한 일본 기업은 많다. 그럼에도 불구하고 그들이 유독 한국에 진출하지 못한 이유는 한국 대기업들이 그들이 오는 것을 극도로 경계하면서 막았기 때문이다.

다른 일본계 기업들이 한국을 새로운 시장쯤으로 봐서 접근하는 것은 당연한 일이며 또한 흔한 일이다. 한국의 대기업들 역시 다른 나라의 시장으로 진출하고 수출하니까.

"기술이 안되는 겁니까?"

"기술이 안되는 게 아니라 목적이 문제가 되는 거지. 사실 대동이 한국에 진출하지 못하는 가장 큰 이유가 바로 그 최종 목적 때문이네."

"최종 목적?"

"그들의 목적은 경제력에 의한 대동아공영권을 이룩하는 거니까. 군사력으로 안 되니 경제력으로 그걸 이룩하겠다는 거지."

한 나라에 진출해서 수익을 내려고 하는 것과 상대방을 아예 고사시키려고 하는 건 전혀 다른 문제이다.

만화를 예로 들자면 일본이 한국 시장에 만화를 수출하는 것은 거기서 나오는 수익을 얻기 위해서다. 하지만 대동은 그게 아니라 아예 한국의 만화 생태계 자체를 고사시킨 후에 시장 자체를 집어삼키려고 한다.

"그래서 지금까지는 규모에 비해 사업이 별로 없었지."

"아……."

그런데 현 정권은 어느 때보다 친일 정권이라 불릴 만큼 일본에 대해 절대적으로 우호적인 제스처를 취하고 있다.

"남은 것은 대동이라는 브랜드를 감춰 줄 가면이지."

"그게 성화군요."

"그래."

성화는 공식적으로 한국의 토종 브랜드이니 대동이라는

가면을 철저하게 감춰 줄 수 있는 가면이기도 하다.

몰락했다고 하지만 사람들에게 성화라는 이름은 대한민국 대기업의 하나로 인식되어 있으니 만일 그 성화라는 이름으로 뭔가 나오면 그 모든 수익은 대동이 가지고 가겠지만 사람들은 성화라는 가면을 믿을 테니까.

"그들은 이제 국책 사업뿐 아니라 사업 전반에 손을 뻗으려는 거지. '경제력을 통한 대동아공영권 이룩'이라는 자신들의 목적을 위해 말이야."

"성화는 다 알면서도 받아들였다⋯⋯."

"뱀의 꼬리로라도 살아남겠다 이거겠지."

물론 성화가 대룡과 싸워서 지지 않았다면, 최소한 세력이 그렇게 줄어들지 않았다면 결과가 바뀔 수도 있다.

하지만 사실상 몰락만 남은 성화에서는 자신들의 재산을 지키기 위해 악마와 거래한 것이다.

"한국에서 다른 방식을 쓸 가능성은 없습니까?"

"글쎄⋯⋯ 다른 나라에서 쓴 방식을 보면 그럴 것 같지 않네."

"다른 나라?"

"체급이 다르니까. 대동은 한국에 진출하지 못했지만 동남아 쪽은 상당히 많이 진출한 편일세."

"그래요?"

"아, 자네는 모르겠군."

"솔직히 모릅니다."

"그들의 방식은 간단하지. 그리고 명확해."

일단 진출한다. 그리고 엄청난 자본력을 동원해서 기존에 있던 기업들을 고사시킨다. 과거에 한국에서 있었던 치약 사건와 비슷한 방식이다.

원래 치약은 모 기업의 독점 생산품이었다. 딱히 법이 그런 게 아니라 어쩌다가 보니 특정 기업만 만들었던 것이다. 그런데 한 중소기업이 새로운 치약을 개발하자 독점하던 기업은 순식간에 치약을 절반 가격으로 떨어트렸다.

'그게 싸움이 될 리 없지.'

대기업은 일단 자기 자본도 탄탄하고 그동안 팔아먹은 게 있기 때문에 투자 비용도 다 회수한 상태다.

그에 반해 중소기업은 자본도 적고 이제 막 개발했으니 투자 비용이 붙어서 절대로 가격으로 대기업을 이길 수 없다. 결국 몇 달 가지 않아서 해당 기업이 망하고 나자 대기업은 치약 가격을 전보다 더 올려 받았다.

"동남아에서도 그런 방식을 많이 썼네."

동남아에 진출해서 그곳에 있던 기존 기업을 고사시킨 후 그 시장을 자신들이 모조리 집어삼키는 것이다. 흔하지만 확실한 대기업만의 방식.

"한국에서도 그렇게 할까요?"

"할 수도 있지. 나도 대기업 회장이지만 우리나라 기업들이 우리나라 국민들을 얼마나 호구로 보는지 아나?"

"잘 알지요. 당장 질소 과자만 이야기해도……."

"그러네. 사실 과자만 해도 우리나라 과자가 일본 과자보다 무게는 가볍고 단가가 더 높아. 한국 사람들이 몰라서 그냥 먹을 뿐이야."

당장 유민택이 성화제과를 무너트리기 위해 수입 과자를 판매하면서 전보다 좀 덜해지기는 했지만 여전히 질소를 사면 과자를 준다는 오명에서는 못 벗어나고 있었다.

"다른 기업들이 과연 바뀔까요?"

"글쎄……."

유민택은 씁쓸하게 웃었다. 그는 각 기업의 회장들과 사장단을 다 안다. 그런데 그가 아는 그들은 절대로 바뀌지 않는다. 아니, 바뀔 수가 없다.

'사람들을 이해하지 못하는데 어떻게 바뀐단 말인가?'

자신도 나락으로 떨어진 후 자식들이 모조리 죽고 기업이 무너지기 직전까지 가고 나서야 정신을 차렸다. 그나마도 손자가 생기지 않았다면 그대로 무너졌을지도 몰랐다. 그런데 다른 기업들이 바뀐다?

'그게 쉬울 리 없지.'

수십 년간 잘 해 처먹어 왔으니 바뀔 리 없다. 설마라는 생각에 그들은 여전히 국민을 등쳐 먹을 뿐이다.

"물론 그들도 처음부터 대기업과 싸울 것 같지는 않더군."

"네? 그게 무슨 말씀이십니까?"

"그들이 새로이 진출하는 부분이 발표되었는데 식품이더군."

"식품요?"

식품이라고 하면 가장 많이 진출하는 부분이기도 하며 또한 대기업들도 많이 진출한 부분이기도 하다. 그리고 가장 진입 장벽이 낮은 부분이기도 하다.

"쉽지는 않을 것 같은데요? 한국에도 식품 회사가 많지 않습니까? 그리고 입맛이라는 게 쉽게 변하는 게 아닐 텐데요?"

"그건 그렇지."

사실 대룡이 수입 과자를 싼 가격에 뿌림에도 불구하고 대룡이 한국의 과자 시장을 석권하지 못하는 것은 입맛 때문인 것도 있다. 물론 원래보다 훨씬 더 넓은 시장을 차지하고 있기는 하지만 말이다.

"특히 식품의 경우는 호불호가 갈려서……."

만두만 해도 한 가지 만두만 나오는 게 아니다. 각 브랜드마다 나오고 또 새로운 브랜드의 만두도 적지 않게 나온다. 그럼에도 불구하고 시장에서 가장 인기 있는 종류는 정해져 있다.

"정보에 따르면 그들이 진출하려고 하는 건 떡볶이와 튀김 시장이라고 하네. 분식집이지."

"네에?"

노형진은 순간 뒤통수를 맞은 느낌이었다.

"분식집요?"

"그래."

'아…… 그렇지.'

아직은 대기업들이 분식집에 진출할 상황이 아니다.

원래 미래에는 돈 되는 건 다 한다고 대기업들이 작은 슈퍼마켓이나 분식집까지 진출해서 골목 상권을 작살내는 현상이 벌어지는데, 그건 4세대가 기업을 물려받으면서 벌어지는 일이었다.

4세대의 입장에서는 외부의 자수성가형 거대 기업들과 싸울 실력은 안되고, 그렇다고 기업을 물려받는 입장에서 실적이 없으면 제대로 승계가 안 되니 가장 만만한 게 한국의 이런 소상공업이었던 것이다.

'하지만…….'

아직은 그런 4세대가 전면에 나설 시점이 아니다. 간간이 물려받을 준비를 하고 있기는 하지만 말이다.

"그러니까 만두 파동 때처럼 분식 쪽을 싹 쓸어버리겠다, 이건가요?"

"그런 듯하네."

'역사가 달라졌다.'

자신의 지식과 다른 일이 벌어진 점이 우려되어 노형진은 얼굴을 찡그렸다.

"왜 그러나?"

"아닙니다. 그냥 우려되어서요. 그들이 진출한다면 골목 상권은 못 버틸 텐데요."

"그렇지. 하지만 그들로서는 가장 확실한 공략 아닌가?"

"그렇지요."

아직 그쪽 시장에 진출한 대기업은 없으니 거의 저항은 없다고 봐도 무방할 것이다. 더군다나 시장 자체를 몰락시킨 후 그걸 집어삼킨다는 그들의 전략을 구사하기 딱 좋은 대상이기도 하다. 소상공인들이 싸워 봤자 얼마나 싸우겠는가?

"김일성의 솜씨입니까?"

"아니, 김일성은 이런 짓을 하는 놈은 못 된다네. 그 녀석은 뇌물과 비리를 통해 큰 거 한 방을 노리지. 그 자식들도 말이야. 아마도 이번에 새로 부임한다는 일본계 부사장의 짓일 거야. 요시 히무로라고 하더군."

"요시 히무로요?"

"아는가?"

"아니요."

노형진은 고개를 흔들었다. 노형진이 회귀해서 한국과 미국의 역사와 사람에 대해 대략적으로 알고 있다고 하지만 어디까지나 생활한 곳이고 조국이어서 알고 있는 것뿐이지, 일본은 그의 관심 대상이 아니었다.

'이거 골 때리는데.'

지금까지 싸우는 방식에서 유리할 수 있었던 것은 노형진이 역사의 흐름을 알고 있었기 때문이기도 하다. 그런데 일본의 방식은 전혀 모른다.

물론 거대한 흐름이야 기억하고 있어서 투자하기도 하지만 개개인에 대해서는 아는 것이 전혀 없다.

"그런데 왜 부사장입니까?"

"공식적으로 한국계 기업으로 위장하려고 하는 거지. 사장은 김두만일세."

"김두만은······."

"성화제과를 운영하던 녀석이지."

그는 성화제과가 몰락한 후 대만으로 쫓겨났다.

단순히 피해를 입거나 매출이 감소되어 기업 자체가 무너진 건 아니었지만, 그 당시 김두만의 잘못된 선택으로 인해 공급 라인 자체가 붕괴되었고 그걸 복구하기 위해 무려 2년이라는 시간이 걸렸기 때문이다.

당연히 40% 가까이 점유하던 한국에서의 점유율은 그 2년 사이 3%도 안 남았고, 성화제과 자체가 사실상 붕괴 상태가 되면서 그 책임을 지고 쫓겨난 것이다.

"대만으로 간 녀석이 왜······."

"그 녀석은 식품 쪽에 있던 녀석이니까. 그 경험 때문이겠지. 그리고 성화의 자식이라는 상징적인 부분도 있고."

"골치 아프게 되었군요."

대룡과 노형진에게 당해서 대만으로 쫓겨났던 김두만이다.

대만은 한국과 수교국도 아니니 당연히 한국에 비해 그 판매량이 터무니없이 낮다.

그 당시 성화의 과자 판매량을 보면 제주도에서 팔리는 양이 대만보다 많았을 정도로 버려진 곳이다. 한데 그런 곳으로 보냈다는 건 단 하나, 퇴출하기 위함이었다.

'그런데 돌아왔으니…….'

아마 엄청나게 이를 갈고 있을 게 뻔했다.

"어떻게 생각하나?"

"일단…… 김두만은 복수심 말고는 그다지 조심할 게 없습니다. 사실상 허수아비 사장일 테니까요. 하지만 요시 히무로라는 자가 걸리는군요."

일본에서 파견된 부사장. 하지만 실권을 쥐고 있는 놈일 가능성이 높다.

'그리고 대동에서 그저 그런 놈을 보낼 리 없지.'

한국 진출이라는 목적을 달성하고 대룡과의 싸움을 해 나가야 하는 것이 바로 요시 히무로다. 더군다나 그들도 성화와 합작할 정도면 김두만이 어떤 사람인지 알고 있을 것이다.

"정보가 전혀 없습니까?"

"아직은. 알아보고 있지만 진짜 정보가 없더군."

"그래요……. 그런데, 어떻게 하실 생각입니까?"

사실 지금 벌어진 일도 충격적인데 대룡에서 이 일을 어떻게 처리할지도 중요하다. 엄밀하게 말하면 그들이 한국 시장, 특히 분식점 시장에 진출하는 것은 대룡과는 전혀 상관

없는 일이기 때문이다.

"솔직히 나도 고민되기는 하네. 분식집이라는 라인이 참 애매하거든."

저들이 한국 시장에 진출하면서 성화의 김씨 일가를 앞세운 의미는 명확하다. 당장은 아니더라도 대룡과 일전을 치르겠다는 의미인 셈이다. 성화 역시 그런 조건을 달았을 게 뻔하고 말이다.

'하지만 분식 쪽은 영 진출하기 애매하단 말이지.'

애초에 분식이라는 쪽은 서민들의 영역이다.

그로 인해 미래에 무차별적으로 대기업들이 분식과 슈퍼마켓에 진출할 때 얼마나 욕을 먹었는가?

그래서 정부에서는 몇몇 업종을 정해서 아예 대기업 자체가 진출하지 못하게 못을 박아 버리기까지 했다.

'그런데 아직은…… 그게 없단 말이지.'

그러니 성화, 아니 대동에서 진출하는 것은 문제가 안 된다.

'그렇다고 그들을 막자고 대룡이 진출한다?'

그건 영 좋은 생각이 아니다. 일단 서민들의 장사에 대룡이 진출한다는 것 자체가 이미지에 좋지 않다.

대동 역시 진출하지만 그들은 일본 기업이라 이미지 타격이 그다지 크지 않다. 하지만 그에 반해 대룡은 한국의 기업이라 한번 무너진 이미지를 복구하는 게 쉽지 않다.

'하지만 놔두자니……'

한국의 분식점 시장이 영세한 건 다 아는 사실이고 결과적으로 대동의 자본력을 이길 수 있는 집단은 없다.

그러면 대동은 안정적으로 자리를 잡을 테고 그 후에 이를 바탕으로 점점 대룡과 충돌하게 될 것이다.

그건 피할 수 없는 사실이다.

'요시 히무로라……. 머리가 좋은 놈이군.'

자신들은 들어갈 수 없는데 대동은 아무 눈치도 보지 않고 들어갈 수 있는 시장.

그리고 적지 않은 규모를 가지고 있으면서도 다른 대기업들이 진출하지 않은 시장.

말 그대로 대기업들에는 블루오션.

"솔직히 자네가 말해 준 방법을 써 볼까도 생각해 봤네."

"어떤?"

"영화관 말일세."

"아!"

노형진은 작은 영화관들을 묶어서 성화의 영화 시장 진출을 막은 적이 있다. 그러니 대룡으로서도 그 방법을 써 볼까 하는 생각이 들었던 것이다.

"하지만 문제가 있더군."

"그렇지요."

영화관은 각 지역당 하나 또는 두 개 정도로 한정된 숫자가 있기 때문에 제휴 형태로 흡수해서 운영하는 것이 어려운 것은 아니다.

하지만 분식집은 각 지역에 수백 개씩 있다.

당장 학교 앞 같은 경우는 다섯 군데 이상 있는 것이 분식집이다. 그들을 다 흡수할 수는 없다.

"더군다나 단가 문제도 있고 말이야."

영화관이야 기존 단가가 워낙 높아서 문제가 없다. 하지만 분식집에서 파는 물건의 단가는 뻔하다.

"우리가 리모델링을 해 주고 수익의 일부를 가지고 가면 그들 보고 굶어 죽으라는 소리밖에 안 되네."

"그 방법도 못 쓰겠군요."

"그러니 자네가 좀 도와줬으면 하네."

"제가요?"

"그래, 우리는 전면에 나설 수가 없어."

명백하게 대룡에 대해 대동이 적대적 행동을 하고 있지만 지금의 대룡은 그들의 행동에 저항할 수가 없다.

"우리와 상관없기는 하지만 미래의 적들이 성장할 걸 두고 볼 수는 없지."

"정식 의뢰인가요?"

"정식이네. 하지만 비공식적인 의뢰이지."

"끄응……."

노형진은 머리를 부여잡았다.

"정식인데 비공식이라⋯⋯."

그 뜻이 뭔지 아는 송정한은 한숨을 쉬었다. 이건 진짜 어려운 의뢰이기 때문이다.

"대룡이 전면에 나서는 건 안 된다는 거죠. 눈 가리고 아웅이기는 하지만 말입니다."

"하지만 대룡의 이름이 없으면 분식집을 하는 사람들이 모일까?"

"그럴 리 없죠."

유민택의 요구는 대룡이 나서지 않는 형태를 취하면서도 노형진이 이번 사태를 해결해 달라는 것이다. 문제는 그게 쉬운 게 아니라는 것이다.

"더군다나 대동은 이미 자기네 분식점인 '마약김밥'을 론칭했습니다. 이미 체인점들을 오픈할 투자자들이 모이고 있고요. 메뉴도 나왔습니다. 쉽지 않겠더군요."

"그래?"

"네, 튀김은 일본의 유명 전문가가 개발한 것이고, 떡볶이는 한국 유명 호텔의 조리장이 개발한 걸 소스 형태로 제공해 만듭니다. 떡도 기존 떡볶이 떡이 아니라 자체 개발 상품이고요. 그나마 유일하게 똑같은 건 라면 정도일 겁니다."

심지어 속칭 오뎅이라 불리는 어묵도 시중에서 파는 사각

어묵이 아니라 일본에서 직수입하는 형태로 공급한다고 한다.

"그런데 가격은 그다지 차이가 안 날 거라 한답니다. 1인분 기준으로 500원 정도 더 비쌀 거라 하더군요."

"못 이길 싸움이군."

튀김이야 일식집에서 나올 만큼 일본은 튀김의 종주국이라고 할 정도로 유명하고, 어묵은 애초에 일본 음식이다.

그리고 호텔의 주방장이 개발한 소스라면 고추장과 설탕을 섞어서 맛을 내는 기존 시장은 절대로 버티지 못한다. 가격이 살짝 비싸기는 하지만 맛의 차이가 워낙 극명하기 때문이다.

"그나마 저항할 수 있는 건 김밥세상 정도겠네."

어깨를 으쓱하는 손채림.

김밥세상은 한국에서 가장 유명한 김밥집 브랜드다. 그러니 버틸지도 모른다는 생각을 한 것이다.

하지만 노형진의 생각은 좀 달랐다.

"아니, 무리야."

"무리라니?"

"김밥세상의 주력은 일반적인 음식이야. 분식집에서 하는 메뉴와 겹치기는 하지만 결코 분식집 메뉴만 하는 건 아니라는 거지."

"그런데?"

"상식적으로 한 매장에서 수십 개의 음식을 다 일일이 할 수 있다고 생각해?"

"응?"

그 부분을 생각해 보지 못한 손채림은 고개를 갸웃했다. 그러고 보니 김밥세상은 음식이 빨리 나오는 걸로 유명한데 사실 한 곳에서 모든 음식을 그렇게 빨리 만들 수는 없다.

"김밥세상 음식이 좀 다른가?"

옆에 있던 김성식은 고개를 갸웃했다.

"잘 모르시나 봐요?"

"나야 뭐……."

사실 중수부 부장검사쯤 되는 사람이 김밥세상에서 밥을 먹을 이유는 없다. 그러니 그것에 대해 잘 모를 수밖에.

"김밥세상은 레토르트식품을 기본으로 합니다. 거기서 즉석해서 제조하는 음식은 김밥이나 라면 종류가 한계죠."

돈가스 같은 것은 그나마 현장에서 미리 만들어 두기도 하지만 설렁탕이나 갈비탕 같은 탕 종류는 100% 냉동식품이다. 그리고 소스가 필요한 것도 대부분은 레토르트 형태로 제공받아서 데우고 내보내는 정도다.

"그게 이번 일과 무슨 관계가 있다는 건가?"

김성식은 고개를 갸웃했다. 그런 식의 음식을 제공하는 것과 대동의 한국 진출이 무슨 의미가 있단 말인가?

"아주 상관이 있지요."

노형진의 말에 다들 어리둥절한 얼굴이 되었지만 손채림

만은 바로 알아들었다.

"아! 편의점 도시락!"

"응?"

"웬 편의점 도시락?"

이제는 레토르트와 냉동을 넘어서 편의점 도시락까지 이야기가 나오자 다들 설명을 원하는 표정이 되었다. 사실 그들은 그런 음식을 먹을 이유가 없기 때문에 그 말을 이해하지 못한 것이다.

"일본은 편의점 도시락이 아주 잘 나오기로 유명하죠. 저도 일본에 가서 먹어 봤지만 한국에서 나오는 편의점 도시락과는 확연히 달라요. 한국의 도시락이 찬밥에 간을 한 반찬이라면, 일본의 편의점 도시락은 음식 본연의 맛에 도전한 거랄까?"

"뭔 소리인가?"

여전히 이해 못 하는 송정한을 본 노형진은 그들에게 좀 더 간단하게 설명해 주기로 했다.

"쉽게 말해서 일본은 한국보다 음식에 대한 레토르트 제조 기술이나 냉동식품 제조 기술이 훨씬 뛰어나다는 겁니다."

"아!"

"더군다나 대동이라는 큰 자본을 만나면 그 공장을 만드는 건 어렵지 않지요."

"그러면……."

"일본에서 그러한 음식을 수입하게 될 겁니다. 물론 한국에서 만드는 갈비탕이나 설렁탕 등도 판매하겠지만요. 어차피 데워서 나간다는 것은 같으니까요."

김밥세상은 한국에서 나오는 냉동식품을 데워서 판다. 하지만 그들이 만든 마약김밥이라는 브랜드에서는 그것과 더불어서 일본에서 만들어지는 레토르트 제품과 냉동식품도 취급할 것이 뻔했다.

"그러면 어디로 가겠습니까?"

"답은 정해져 있군."

똑같이 냉동식품이라면 당연히 맛있는 쪽으로 간다. 그게 동일하다고 하면 당연히 다른 곳에서 먹을 수 없는 다양한 음식이 있는 쪽으로 간다.

"도시락 같은 건 아무래도 일본에서 넘어와야 하니 유통 문제로 통관이 힘들죠. 하지만……."

"대동이라면 냉동식품과 레토르트 제품을 아주 쉽게 들여올 수 있겠군."

송정한은 그제야 왜 김밥세상이 마약김밥과 게임이 안 되는지 알 수 있었다. 질에서도 품종에서도 밀리는데 싸움이 될 리가 있나?

"이번 문제는 단순히 그것만 있는 건 아닌 것 같군요."

그런데 노형진은 그거 말고도 다른 문제를 알아차렸다.

"다른 문제?"

"네, 엄밀하게 말하면 마약김밥에 공급하는 양은 얼마 안 될 겁니다."

"무슨 소리인가?"

"마약김밥 체인은 다른 걸 감추기 위한 연막이라는 거지요."

"연막?"

"네, 아마 그들은 그걸 핑계로 자연스럽게 식품 시장에 진출할 겁니다."

"그게 무슨……. 아, 그렇군. 우리가 그 생각을 못 했군."

처음에는 대룡이나 기타 다른 회사들과 충돌하지 않기 위해서 한 선택인 줄 알았다. 그러나 그 이면을 생각하면 다른 문제가 생긴다.

대동이 그렇게 수입이 가능한 라인이 생기면 그걸 오로지 마약김밥에만 공급할까?

그럴 리 없다. 처음에는 안 하겠지만 시간이 지날수록 점차 소매점으로 공급할 것이다.

"이미 대부분의 사람들은 그렇게 공급한 음식을 마약김밥에서 먹어 봤으니 거부감은 없을 겁니다."

"그러면 자연스럽게 손이 가겠군."

"네."

양질의 음식이 있다면 손이 가는 것은 당연한 일이다.

"더군다나 한국 음식은 특유의 짠맛이 강합니다. 찌개류도 그렇고 상대적으로 싱겁다고 하는 설렁탕이나 갈비탕도 상당한 염도를 자랑하죠. 하지만 일본 음식은 아무래도 염도가 좀 낮은 편입니다."

"확실히……."

요즘은 웰빙이 대세이다. 그러니 사람들은 좀 더 건강한 음식을 찾으려고 할 것이다.

"레토르트식품을 제공하다 보면 자연스럽게 판매 라인이 갖춰질 테고……."

"그때는 일본의 음식들이 무차별적으로 공급되겠군."

"그러면 아마 한국 음식 시장은 타격이 클 겁니다. 그나마 한국 전통 음식은 나을 테지만 과자들은 타격이 클 겁니다."

"그렇겠지."

사람들은 잘 모르지만 한국에서 인기 있는 과자들 중에는 일본의 과자를 표절한 것들이 많다.

문제는 한국의 과자들의 질소 포장이 어마어마해서 똑같은 과자인데도 일본의 과자가 양이 더 많다는 것이다.

심지어 더 싸기까지 하다. 환율을 생각하면 터무니없는 짓거리를 한 셈이다.

"대륙에서 수입하는 외국계 과자들은 아무래도 입맛의 장벽이 있으니까."

"그렇지요."

하지만 일본의 과자들은 한국에서 카피가 될 정도로 비슷한 입맛을 가진다. 실제로 한국에서 장수 과자로 손꼽히는 상당수가 자체 개발이 아닌 일본 상품의 카피다.

"공급 라인이 한번 만들어지면 그다음은 골 때리는 거지."

새로운 식품 회사가 맞닥뜨리는 첫 번째 장벽이 바로 공급 라인의 확보다. 기존에 있던 공급 라인에서 절대로 그들을 넣어 주려고 하지 않으니까.

"하지만…… 마약김밥이라……. 사람들이 안 할 리 없지."

"네."

누가 봐도 성공할 수 있는 아이템이니 다들 할 테고, 최소 판매량이 있다는 것은 공급 라인이 확보된다는 뜻이다.

"일본의 오덕들과 비슷한 거네요."

"오덕?"

"아, 아는 분한테 들은 게 있어요. 일본이 수많은 애니를 만들면서 만화 강국이 될 수 있는 건 우리가 무시하는 오덕들이 있어서 그렇대요. 어떤 작품을 만들어도 최소한은 판매량이 보장되니까 실험적 시도를 많이 한다는 거죠."

"틀린 말은 아니군."

공급 라인도 마찬가지이다. 최소한이 소비처가 완성되면 대동은 일본에서 엄청난 양의 음식을 수입해서 시장에 풀면 된다.

"하지만 그게 타격이 클까요? 그렇게까지는 아닐 것 같은데?"

무태식은 그 부분에 대해서는 부정적으로 생각했다. 어찌 되었건 한국 사람들은 자기만의 입맛이 있으니까.

"당장 돈이 안 되는 게 문제가 아닙니다. 기본적으로 밥이라는 것은 기회비용도 들어가니까요."

"기회비용?"

"네, 한 번에 두 끼니를 먹는 사람은 없으니까요."

한 번 음식을 먹으면 한 끼는 끝난 것이다. 그러면 그만큼 한국 음식의 시장이 작아지는 셈이다.

"더군다나 일본에서 성공적으로 안착한 수많은 음식들을 생각하면⋯⋯."

그리고 그게 한국 입맛에 맞는다고 생각하면 한국 기업들이 상실하는 기회비용은 적지 않을 것이다.

"지금도 수입은 하잖아요?"

무태식의 입장에서는 그게 이상했다. 실제로 수입 코너에 가면 일본 과자나 라면 정도는 쉽게 구할 수 있다.

"그거야 대부분 작은 수입상을 통해 오니까 문제가 안 될 겁니다. 거기에다 대부분 과자류지요."

과자같이 유통기한이 긴 물건들은 딱히 보관이 어려운 것도 아니어서 중소기업에서 수입해서 팔기도 한다. 실제로 대롱에서도 일본 과자를 수입해서 파니까.

"하지만 목적이 다르다는 겁니다."

한국에 있는 중소기업들이 수익을 내기 위해서는 마진을 붙여야 한다. 그러나 대동은 한국 시장의 진출이 목적이니 일단 익숙해질 때까지 마진을 극도로 낮출 게 뻔하다.

"그리고 대량 구매가 훨씬 싼 것은 다 아는 사실이지요."

중소기업이 아무리 산다고 해 봐야 1만 개 이상 사기는 힘들다. 하지만 공급 라인이 완성된 상태에서 대동이 한국으로 과자를 보내면 못해도 10만 개, 매년 100만 개 이상의 과자를 수입할 수 있다.

"거기에다 원래 일본계 기업이니 따로 가서 수입 라인을 만들 필요조차 없지요."

"……."

대동의 목적이 확실해지자 다들 입을 다물었다. 그들이 아주 작심하고 덤빈다는 느낌이 들었기 때문이다.

"어쩌지……."

"글쎄요……."

송정한의 말에 노형진은 그저 입을 다물 수밖에 없었다. 그로서도 처음 겪는 최악의 사태였다.

아귀 같은 기업

　노형진이 가장 먼저 한 것은 이번 사건의 피해자가 될 사람을 만나는 것이었다. 공식적으로 대룡이 진출할 수 없으니 그들이 노형진과 새론에 의뢰하는 형태가 되어야 하기 때문이다. 그런데 그들의 반응은 노형진의 생각과는 좀 달랐다.

　"우리가 왜?"

　"네?"

　당연히 의뢰를 맡길 거라 생각은 하지 않았다. 하지만 상황이 상황인 만큼 한번 들어 보기는 할 거라 생각했다.

　그러나 대책위원장이라는 인간은 노형진과 함께 온 송정한을 마치 지나가는 거렁뱅이 보듯이 바라보고 있었다.

　"우리가 왜 당신들이랑 손잡아야 하지?"

명백한 반말.

노형진이야 그렇다고 해도 송정한은 그보다 훨씬 나이가 많은 사람이다. 정식으로 고용한 것도 아니고 그저 함께 일할 가능성을 타진하러 온 사람들에게 반말하는 그를 보면서 노형진은 솔직히 어이가 없었다.

'뭐야, 이 새끼?'

노형진의 생각이 어떻든 간에 그는 천연덕스럽게 자신의 할 말을 할 뿐이었다.

"우리는 당신들이랑 일할 이유가 없는데?"

"그렇게 쉬운 게 아닙니다. 상대방은 성화입니다. 그 뒤에는 대동이 있기요. 그러니 여러분들끼리 싸우면 아무래도 여러 가지 한계가 있을 수밖에 없습니다."

송정한은 일단 의뢰를 받아야 하는 처지이기 때문에 고개를 숙이고 그들에게 차근히 대화하자고 말했다. 하지만 상대방에게는 그럴 의사가 없어 보였다.

"그러니까 왜 우리가 너희랑 일해야 하느냐고?"

"저희는 이런 쪽으로 많은 경험이 있고……."

"웃기네. 이런 경험이 있는 회사가 얼마나 된다고."

명백한 비웃음.

"그리고 우리는 너희 없어도 이길 수 있으니까 걱정하지 마. 우리 뒤에는 10만이 넘는 분식을 하는 동맹들이 있어. 성화와 대룡 따위는 가볍게 꺾을 수 있다고. 우리가 불매운동을 한다고만 하면 그들은 바로 꼬리를 내릴 거야."

'말이 되는 소리를 해라!'

세상에서 가장 힘든 게 불매운동이다. 불매운동에 들어가면 상대방은 저가 전략으로 부딪치게 되는데, 한국 사람들은 그 저가 전략을 쓰면 대부분 원래 자리로 돌아가는 성향이 있기 때문이다.

사실 한국은 불매운동이 성공한 사례가 없다고 봐도 무방하다. 여차하면 마진 좀 낮추고 저가 전략을 쓰면 다들 좋다고 다시 쓰니까.

그래서 불매운동이 외국에서는 사실상 회사의 명운이 걸려 있는 심각한 문제임에도 한국의 회사들은 그다지 심각하게 생각하지 않는다.

애초에 불매운동을 무서워했다면 그렇게 국민을 호구로 삼지는 못했을 것이다.

'더군다나 너희 불매는 의미가 없지.'

어차피 10만이라고 해 봐야 결국 분식집 주인들의 숫자이고 그들이 불매운동을 해 봐야 어차피 정해진 한정된 수량 안에서만 할 수 있다.

물론 아예 안 하는 것보다는 나을 테지만 성화에 큰 타격을 줄 정도는 아니다.

"불매운동으로 싸울 대상이 아닙니다. 그들은 단순히 한국 시장만 노리는 게 아닙니다. 분식집을 내는 거야 자유이지만 그 후에 그 많은 가게들이 모두 몰락할 걸 생각하면……."

"걱정하지 마. 절대로 우리는 안 망해. 망할 수가 없지. 안 그래? 하하하."

"그럼요, 하하하."

대표가 웃자 똑같이 웃는 사람들.

그걸 보고 노형진은 기가 막혔다.

'웃어?'

물론 사람이 무조건 웃지 말라는 법은 없다지만 그래도 상황이 상황인 만큼 웃음이 나오기는 애매한 상황이다. 더군다나 다른 곳에서 업무를 하기 위해 정식으로 회의하는 와중에 보여 준 그의 행동은 노형진으로서는 이상하다는 느낌을 강하게 받았다.

'저런 행동은 상대방보다 자신이 더 우위에 있다고 생각할 때 하는 행동인데?'

하지만 자신들이 딱히 다급하게 매달리는 상황은 아니다. 대룡의 의뢰이기는 하지만 저들이 싫다고 하면 자신들도 그다지 신경 쓸 만한 일도 아니거니와 아직 대룡이라는 존재는 드러내지도 않았다.

'자기들이 우리보다 우위에 있다는 생각은 하지 않을 테고……. 그러면 아예 우리에게 관심이 없다는 건데.'

그것도 또 말이 안 된다. 지금 저들이 뭉쳐서 대책을 세운다고 조직을 만들고 있지만 저들에게 어떤 경험이나 실질적인 대책이 현재로써는 있을 리 없다.

'그런데 다른 곳도 아니고 변호사 집단의 도움을 거절한다?'

공식적으로 돈을 받기는 하지만 대룡에서 은밀하게 지불하는 것이기 때문에 그들에게서 받는 돈은 최소 금액인 300만 원이다. 다른 곳이라면 못해도 3억 이상은 줘야 도움이 된다.

'뭔가 이상한데?'

노형진은 그들의 행동이 이상하다는 것을 알아차리고는 조용히 그들을 바라보았다.

"뭘 그렇게 꼬나 봐?"

그런 노형진의 행동이 마음에 안 드는 듯 반말로 도발하는 상대방. 일반적으로 사람을 대하는 태도가 아니다.

'이들은 이 협상이 깨지기를 바라고 있다.'

그렇지 않다면 이런 말도 안 되는 짓거리를 할 리 없다.

실제로 송정한의 얼굴은 웃고 있지만 손은 부들부들 떨리고 있다. 욕만 듣지 않았을 뿐이지, 자신을 이렇게 모욕하는 인간들과 일하고 싶겠는가?

'기억을 읽어 봐?'

하지만 상황이 좋지 않다. 서로 대화하는 테이블은 상당히 크기 때문에 상대방에 손댈 수도 없다. 그렇다고 자연스럽게 다가가자니 자신의 구역도 아니니 무리다.

'악수는 받아 줄 생각도 없고.'

아까 들어왔을 때 악수하자고 손을 내밀었지만 그들은 그걸 바라보고는 코웃음만 쳤다. 명백하게 노형진과 송정한을 무시하는 행동이었다.

'그렇다면…….'

노형진은 주변을 둘러보다가 자리에서 일어났다.

"할 생각이 없다고 하신다면 저희는 일어나겠습니다."

"노 변호사?"

송정한은 그런 노형진의 행동에 깜짝 놀랐다. 이건 자신들이 개인적으로 온 게 아니다. 은밀하지만 대통령의 부탁을 받고 온 것이다. 그런데 그냥 가겠다니?

"뭐, 멀리 안 갈 테니 나가 봐."

귀찮다는 듯 손을 흔드는 남자.

노형진은 그들을 보고 송정한에게 빨리 나가자고 손짓했다.

"저쪽에서는 의뢰를 맡길 생각이 없어 보이니 가도록 하지요."

"뭐라고?"

"우리가 꿀릴 이유는 없지 않습니까?"

"그거야 그렇지만……."

"의뢰는 자고로 본인이 맡기고 싶어야 하는 겁니다. 그런데 하기 싫다는데 뭐라고 하겠습니까?"

"음……."

"그냥 가시지요."

송정한은 잠깐 고민하다가 노형진을 따라서 바깥으로 나

이것이 법이다

왔다. 하지만 그 비대위 사람들은 배웅조차 하지 않았다.

건물 바깥으로 나온 후에 송정한은 심각한 얼굴이 되었다.

"아니, 그 상황에서 나가면 어쩌자는 건가? 이러면 우리한 테 절대로 안 맡길 텐데?"

"아마도 거기에 더 있었어도 안 맡길 겁니다."

"무슨 소리야?"

"이 건물, 너무 좋다고 생각하지 않습니까?"

"응?"

"이 건물 말입니다. 소상공인들이 모여서 비상대책위원회 라는 걸 만들기에는 너무 좋다는 뜻입니다."

"그거야 아무래도 성화의 본사에 가까운 곳에 사무실을 두 려고 하다 보니까 이렇게 된 거겠지."

"그러니까 문제입니다. 생각해 보세요, 성화의 본사가 있 는 여기가 어떤 자리인지."

"그거야……."

송정한은 그제야 노형진이 말하고자 하는 것을 알아차렸다.

여기는 한국에서 제일 비싼 땅 중 하나이자 기업들이 잔뜩 몰려 있는 장소 중 하나이기도 하다.

아무리 성화와 가까이에서 대책을 세우려고 한다고 해도 노형진의 말마따나 비쌀 뿐만 아니라 기본적으로 쉽게 자리 가 나는 곳이 아니니 원한다고 바로 구할 수 없다.

"때마침 비대위에서 쓸 만한 자리가 났다? 이해가 갑니까?"

"음……."

"거기에다 비대위라는 건 말 그대로 비상사태를 위한 겁니다. 성화와 이야기할 필요는 있겠지만 성화와 가까이 있을 이유는 없지요."

"이상하기는 하군. 하지만 그렇다고 아주 황당한 건 아닌 것 같은데?"

"글쎄요……. 확인해 볼 게 있습니다."

"확인이라니? 어이, 잠깐! 노 변호사! 그건 쓰레기통 아닌가?"

"네, 가끔은 쓰레기통에 쓸 만한 게 있거든요, 후후후."

노형진이 쓰레기통을 뒤지자 당황한 송정한.

하지만 노형진은 자신의 양복이 더러워지는 것은 신경도 안 쓰고 쓰레기통을 뒤질 뿐이었다.

⚖️

"성화와 거래하는 회사네요."

"뭐라고?"

손채림의 말에 송정한은 당황했다.

노형진은 오자마자 그곳에서 봤던 화분들에 적혀 있던 이름을 찾아보라고 한 것이다.

"성화와 거래한다고?"

"네, 맞아요. 노형진 변호사가 말한 기업들은 모두 성화와 관련된 회사였어요."

"그게 무슨⋯⋯."

당황해서 어쩔 줄 몰라 하는 송정한.

"역시."

"자네는 어떻게 안 건가?"

노형진은 그곳에 갔을 때 가장 이상하게 생각한 것 중 하나가 바로 화분이었다.

비대위는 말 그대로 비상사태를 위해 만들어지는 조직이다. 오래 유지될 조직도 아니고, 또 분위기상 화분이 그렇게 많을 조직도 아니다.

"그런데 그곳에 화분이 많더군요. 그리고 비대위라는 조직이 너무 잘 구성되어 있었습니다."

회귀 전에 수십 개의 비대위를 봤다.

대부분의 비대위는 어쩔 줄 몰라 하는 그런 곳이었다. 그러니 제대로 된 조직 구성은 아직은 없어야 한다. 이름이야 있지만 체계나 계급도 나뉘어 있지 않다.

더군다나 이번 비대위는 다급하게 만들어진 곳이다. 대동의 공격을 방어하기 위해 다급하게 일면식도 없던 사람들이 뭉쳐서 만든 비공식 집단이다.

그런데 이렇게 체계가 잘 잡히고 예산이 풍부하다?

거기에다 업무의 분담도 되어 있지 않은 상황인데 파티션으로 공간을 나눠 쓴다?

그건 말도 안 된다.

"너무 전문적인 것 같아서 쓰레기통을 뒤진 겁니다. 그 후에는 송 대표님도 아시는 대로 나온 거고요."

그곳에서 개업 화분에서 많이 보이는 축하 말이 쓰인 것들이 줄줄이 나온 것이다.

"거기에 있는 화분들은 대부분 그런 쪽으로 많이 나가는 화분들이었고요."

그리고 그 이름을 적어 와서 추적한 것이다.

아니나 다를까, 그중 몇 곳이 성화와 거래 관계에 있는 곳이었다.

"아니, 왜 성화가 거기에 나타난단 말인가?"

"당했군요."

"당해?"

"네, 이거 완전히 조직적으로 상대방을 말살하려고 하는 겁니다."

"그게 무슨 말이야?"

송정한뿐만 아니라 손채림도 이해하지 못하는 얼굴이었다. 노형진은 이들에게 상황을 제대로 설명해야 할 듯하여 천천히 입을 열었다.

"어용노조라고 아십니까?"

"어용노조? 그거야 알지. 사용자들이 만드는…… 아!"

송정한은 경험이 많아서 그런지 바로 알아차렸지만 손채

림은 아직 어리둥절한 모양이었다.

"그게 뭔데?"

"말 그대로 가짜 노조야."

기본적으로 노조라는 것은 노동조합의 약자다. 노동자의 권리를 보호하고 사용자와 협상하며 노동운동을 하는 집단 이다.

"그런데 그런 집단은 아무래도 사용자의 입장에서는 영 껄 끄럽거든."

그들은 노동자를 위해 일하는 집단이기 때문에 사용자의 입장에서는 절대로 반갑지 않은 곳이다.

"그래서 그들은 노조가 들어가지 못하도록 꼼수를 쓰지."

"꼼수?"

"그래, 바로 직접 노동조합을 만드는 거야."

자신이 직접 노동조합을 만들고 그 후에 자신과 관련된 사 람을 조합장으로 앉히는 것이다. 그리고 그들과 협상하는 척 하면서 이권을 챙기는 것이다.

"그들은 기본적으로 노동자가 아니라 사용자를 위해 일하지."

"그거랑 이거랑 무슨 관계가 있다는 거야?"

"어용노조라고 없는데 어용비대위라고 없을까?"

"뭐?"

"결국 노조나 비위대나 대응 방식은 똑같아. 상대방과 대 척점에서 목소리를 높이는 거지."

"아!"

그제야 손채림은 노형진이 말하는 게 뭔지 알아차렸다.

"그래. 저들은…… 비대위를 만든 거야. 그것도 어용비대위를……."

노형진은 얼굴이 딱딱하게 굳어 갔다. 상대방이 호락호락하지 않다는 것을 직감적으로 느끼고 있었던 것이다.

⚖

"이게 무슨 말이냐!"

"분식집 진출을 철회하라! 철회하라!"

매일같이 성화의 앞에서는 분식비상대책위원회의 시위가 계속되고 있었다. 하지만 정부는 철저하게 함구하고 있을 뿐이었고, 막장에 몰린 성화가 그런 그들의 행동에 반응할 리 없었다.

"저 행동에 반응할 거라고 생각하나?"

노형진은 몰려서 소리를 꽥꽥 지르는 사람들을 한심스럽다는 표정으로 바라보았다.

"아무리 그래도 그런 표정은 좀 너무하다."

"뭐가?"

"바보를 보는 듯한 시선이잖아?"

"틀린 말은 아니잖아?"

"저들도 몰라서 당하는 거야. 누가 비대위가 어용이라고 생각하겠어? 솔직히 나도 그런 소리는 처음 들어 봤다. 아니, 이런 방법 자체를 처음 들어 봤어."

피켓을 들고 소리를 지르고 싸워 봐야 저들에게 바뀌는 것은 없다. 아직 법적으로 저들이 성화와 대동을 막을 수 있는 방법이 있는 것도 아니고, 현 정권이 친대기업 정책을 한다는 것은 누구나 다 아는 사실이다. 더군다나 비대위가 성화와 결탁한 이상 절대로 뭔가 벌어질 리는 없다.

"도대체 이렇게 시위할 거라면 성화는 왜 비대위를 만든 거야?"

"그거야 눈 가리고 아웅이니까."

"눈 가리고 아웅?"

"그래, 어차피 자신들의 계획이 드러나면 저항 세력이 나타나게 되어 있어. 그들을 막기 위해선 적지 않은 돈이 들지. 법적으로 안 된다고 해도 여론은 좋지 않을 테니까. 그러니 만든 거야."

"다른 사람들에게 말해서 다른 집단을 만들게 하는 건 어때?"

"일단 증거가 없다는 게 문제야. 우리가 가진 것은 의심일 뿐이고 말이야. 쓰레기는 이미 버려졌으니까. 그리고 다른 집단이 만든 비대위는 솔직히 오래갈 수가 없어."

"뭐? 왜?"

"그들은 대부분 영세하거든."

잠깐 여기 와서 시위하는 거야 가게에 타격이 없겠지만 몇 달씩 비우면서 시위할 수는 없다. 결국 시위에 참가하는 사람들은 줄어들고 그에 대항하기 위한 위력도 감소한다.

　"지금이야 다급해서 다들 나오지만 절대 이런 시위는 오래 갈 수가 없어. 몇몇 골수 시위파가 남아서 천막을 치고 있을 수는 있지만 결국 거기까지지. 문제는 그 천막을 치는 사람들이 성화 놈들이라는 거야."

　"흠……."

　그들이 아무리 천막을 치고 살아 봐야 성화나 대동이 눈이 나 깜짝할 리 없다.

　"더군다나 다른 집단을 만들면? 그들도 집행부를 만들어야 해. 그런데 그걸 할 수 있는 사람들이 얼마나 될 것 같아?"

　손채림은 잠시 생각하다가 고개를 흔들었다.

　자신이 아는 분식집이라는 곳들은 대부분 그저 그런 규모를 가진 영세한 곳들이다. 그런 곳에서 집행부를 할 정도로 극렬한 사람을 찾는 것은 쉬운 일이 아니다.

　더군다나 그들에게는 아주 큰 문제가 하나 더 있다.

　바로 생계.

　"더군다나 집행부는 사실상 영업을 못 한다고 봐야 해. 너 같으면 그걸 알면서 집행부를 하겠어? 남은 구할 수 있을지 몰라도 자기는 망하는데? 그렇지 않으려면 자신이 없어도 안정적으로 굴러가야 한다는 소리지. 종업원을 두고 완전히 맡겨도 될 만큼 안정적인 영업을 하는 곳이라면 도리어 타격이 없어. 김밥세상이 늘어났다고 해서 모든 개인 분식집이 사라진 건 아니잖아? 나름 자신이 있다는 거지. 정작 문제는 진짜로 여기에 와서 시위하는 대부분은 자기들이 직접 조리하고 서빙하는 사람들이라는 거지. 그래서 그들은 집행부를 못 하는 거야. 그러면 자기 가게가 망하니까."

"하지만 아무리 그래도 결국은 협상하게 되어 있잖아?"

손채림이 궁금한 것은 그것이었다.

일단 비대위 집행부가 성화가 만든 곳인 것은 알겠다. 비밀리에 그렇게 만들 자들을 모집해 그들이 사람들을 선동하는 식으로 대표로 만들었을 것이다. 그러니 성화에 해가 되는 것은 하지 않는다.

하지만 그렇다고 해도 그들이 성화와 협상을 안 할 수는 없다. 그렇게 되면 누군가는 의심하고 또 새로운 집단을 만들려고 할 수도 있으니까.

"협상은 하겠지. 하지만 절대 성화와 대동이 물러나지는 않아. 그렇게 되면 결국 배상이라는 것은 돈으로 하게 되거든. 그리고 집행부는 그걸 분배하거나 집행할 권한을 가지고 있지."

"아!"

그 배상금을 어떻게 쓸지 권한을 가진 게 집행부다. 그 과정에서 어떤 비리가 있을지는 뻔한 일이다.

"하지만 그랬다가 다른 사람들이 항의하면?"

"그건 그들 사정이지, 성화의 사정이 아니야."

이미 그들은 정당한 집행부와 합의하여 그 배상금을 줬고 법적으로 모든 관계는 끝났다. 피해자들이 집행부에게 속았다고 하면서 항의해 봐야 방법이 없는 것이다.

"그래서 집행부를 하는 녀석들은 시위만 찾아다니기도 해. 소위 말하는 시위꾼이지."

"시위꾼이라."

"그 녀석들은 사회운동가와는 완전히 다른 사람들이야."

사회운동을 하는 사람들은 더 나은 세상을 위해 사람들을 모아서 잘못된 것에 저항한다. 하지만 그들은 시위에 관련된 전문가적인 지식을 기반으로 집단에서 리더를 맡은 뒤에 자금을 횡령하거나 자리를 이용해서 합의해 버리고는 튀어 버린다.

"그런 건 재판해도 소용이 없지. 아마 저 녀석들도 고용된 시위꾼일 가능성이 높아."

그리고 성화에서는 자신들에 대해 경고했을 가능성이 높다. 아니, 경고했을 것이다.

'그렇지 않다면 그런 그들의 행동이 설명이 안 되니까.'

시위꾼들은 경험이 많다. 그래서 이용해 먹을 수 있는 것은 다 이용해 먹는다. 그런데 자신들을 도와주겠다는 법무법인을 거절할 리 없다.

'성화니까.'

성화는 대룡이 어떤 식으로든 끼어들 거라 예상했을 것이고, 그걸 하게 되면 자신들을 통해 움직일 가능성이 높다는 것도 예상했을 것이다.

'큭.'

그러니 자신들이 갔을 때 그렇게 철저하게 무시했을 테고 말이다.

"확신할 수 있는 거야? 증거라고 해 봐야 성화와 일하는 곳에서 보내 준 화분들이 다잖아?"

"증거는 이제 찾아야지. 하지만 아마도 내 예상이 맞을 거야. 생각해 봐. 성화와 대동이 마약김밥을 론칭한 지 얼마 되지도 않았어. 이제야 입점할 사람들을 모으고 있고 1호점은 나오지 않았지. 아마 내부적으로 정확한 메뉴조차 만들어지지 않았을 거야. 그런데 어떻게 외부에 반대하는 집단이 생겼을까?"

"그런가?"

"일단 반대하는 집단이 생기려면 그만한 시간이 있어야 해. 사업 계획을 발표한다고 해서 짠 하고 반대 집단이 생기는 게 아니지."

사람을 모은다는 것은 아주 힘든 일이다. 더군다나 분식집 같은 경우는 전국에 너무나 많이 있기 때문에 그들에게 사실을 말하고 동참을 호소하는 것은 더욱 힘든 일이다.

'대부분의 분식집은 영세하지.'

그들은 하루하루 먹고사는 게 중요하니 뉴스를 보고 시사를 논하며 자신들에게 불리한 뭔가가 생기는 것을 캐치할 정도로 느긋하게 살지 못한다. 오전에는 영업 준비, 오후에는 영업과 뒷마무리만으로도 하루가 다 가는 탓이다.

"더군다나 관련 뉴스가 나온 것도 아니야."

프랜차이즈 모집은 뉴스와 인터넷으로 하는 게 보통이다. 일단 방송의 가격이 너무 비싼 데다 프랜차이즈를 오픈하고자 하는 사람들은 신문과 인터넷에서 정보를 얻기 때문이다.

"그런 사람들은 대부분 은퇴한 퇴직자들이야 한 번에 받은 퇴직금을 투자하는 거지. 퇴직했으니 느긋하게 신문을 볼 수 있고, 뭔가 하고자 한다면 인터넷을 가장 먼저 찾아볼 테니까."

하지만 현직에서 일하는 사람들은 그게 사실상 힘들다.

본다고 해도 뉴스 정도이지, 일일이 광고를 보면서 판단하지는 않는다.

"프랜차이즈는 흔하게 생기고 흔하게 사라져. 성화라는 이름이 들어갔을 뿐, 넘치는 게 프랜차이즈라는 거지."

"그게 무슨 의미야?"

"저들이 저렇게 극렬하게 반응할 이유가 없다는 거지. 김밥세상 이후에 얼마나 많은 프랜차이즈가 생겼어?"

김밥나라, 김밥월드, 김밥극락 등등 비슷한 프랜차이즈들은 넘치고 또 넘쳤다. 그러나 대부분은 그대로 사라져 갔다.

"그런데 마약김밥에는 사람들이 극렬하게 반응한다? 웃기지 않아? 마치 누가 조종하는 것처럼 말이야."

"생각해 보니 그러네."

생각해 보니 이상한 일이다.

뭐가 진행된 것은 사실상 아무것도 없다.

본점이 생긴 것도, 메뉴가 발표된 것도 아니다.

그런데 저들은 극렬하게 반대하고 있다.

"그리고 만약 우리 예상이 맞다고 쳐. 그런데 성화는 왜 자기들 사업에 왜 자기들이 방해하는데? 어용노조를 만드는 목적이 아직 이해가 안 가. 자기들 말대로 협상하려고 한다고 해도 결국은 돈이 들잖아? 가만히 있으면 돈이 안 드는데. 그래도 적자인 건 마찬가지인데?"

그 이면을 생각하지 못한 손채림은 고개를 갸웃했다.

법적으로 보면 성화는 절대적으로 유리하다.

저들이 울고불고 난리를 쳐도 법적으로 막을 근거는 없다.

더군다나 협상해서 돈을 준다? 그건 말도 안 되는 소리다.

즉, 지금 상황으로 봐서는 성화는 할 필요도 없는데 돈을 들여서 반대파를 집결시켜 준 꼴이다.

집행부가 아무리 자기들 편이라고 해도 말이다.

"간단해. 홍보지."

"홍보?"

"그래."

이 사건은 언론을 통해 흘러나갈 것이다.

방송 광고는 엄청나게 많은 돈이 든다.

하지만 언론을 통해 흘러나가게 되면 따로 광고를 하지 않아도 홍보가 되는 셈이다.

"하지만 이미지가 있잖아?"

아무리 중립적이라고 하지만 뉴스에서 좋게 나갈 가능성은 그다지 없다고 봐도 무방하다. 뉴스라는 존재가 아무래도 부정적인 부분을 더 부각하기 때문이다.

"하지만 당사자 간에 빠른 합의가 되었다고 하면 어떻게 될까? 대승적 차원에서 성화가 합의해 주는 거지. 적당히 돈을 주고 말이야."

"상대방이 그걸 받아들일 리가 없잖아. 바보가 아닌 이상에야……."

말을 하려던 손채림은 아차 싶었다.

그걸 합의할 권한을 가진 것은 다름 아닌 비대위의 집행부. 그리고 그 집행부는 성화가 통제하고 있다.

그제야 모든 답이 한꺼번에 쏟아졌다.

"가짜 합의."

"그래."

저들의 집행부가 가짜로 모인 어용 집단이라고 한다면 합의 금액 자체는 터무니없이 작아질 것이다.

그런데 그 돈에 대한 집행 권한은 다름 아닌 집행부에 있다.

집행부는 그 돈을 어떤 형태로든 성화에게 도움이 되는 식으로 사용할 것이다.

"법적으로는 전혀 문제가 없지."

어용이든 아니든 저들이 합법적으로 인정한 집행부이고 그 후에 벌어지는 일은 성화와는 아무런 관련이 없다.

그리고 그와 동시에 엄청난 광고 효과를 얻게 된다.

"방송에서는 모든 문제가 해결되었다고 뉴스가 나갈 테고 사람들은 그러면 그걸 우호적으로 볼 거야. 또한 문제가 해결되었으니 지원하는 사람들 역시 많아질 테고. 프랜차이즈는 어마어마한 속력으로 퍼지겠지. 대룡이 크게 성장하면서 성화를 꺾을 수 있었던 이유가 뭔데? 바로 상생을 바탕으로 한 정책 때문에 국민들에게 지지를 받을 수 있었던 거야. 그걸 따라 하려는 거지. 좀 창의적인 방법이기는 하지만."

"노이즈 마케팅인 거야?"

"그래."

일반적으로 일단 이름을 알리기 위해서 하는 것이 노이즈 마케팅이다.

일반적으로 노이즈 마케팅은 안 좋은 이미지를 남긴다.

하지만 성화가 적극적으로 해결했다는 이미지를, 그것도 엄청나게 양보했다는 이미지를 남기면 도리어 분위기는 반전된다.

문제가 모조리 해결된 프랜차이즈 브랜드.

양심적이고 바른 기업.

아직까지 성화는 사람들에게 대기업으로 인식되고 있다. 그러니 프랜차이즈는 무서울 정도로 성장하게 될 것이다.

"마냥 착한 게 좋은 건 아니거든."

노형진도 가끔은 이런 식으로 사건을 뒤집기도 한다. 노이즈 마케팅은 이름을 알리는 데 무척이나 좋은 방식이기 때문이다. 그만큼 위험한 방식이기도 하지만 말이다.

"요시 히무로라……. 확실히 머리가 좋은 놈이야."

노형진은 그에 대해 알아봐야 할 것 같다는 생각을 했다.

'그리고 그에 대해 알 만한 사람이 한 명 있기는 하지.'

노형진은 눈을 반짝거렸다.

⚖️

"요시 히무로라……."

"아는 사람인가 해서 말이지."

남상진은 짜증스러운 얼굴로 노형진을 바라보았다.

기껏 바쁜 사람을 불러서 물어본다는 게 고작 개인의 신상이라니.

"내가 흥신소로 보이나?"

"흥신소는 아니지. 하지만 그래도 사람에 대한 정보를 가지고 있을 거 아냐? 하물며 대동에서 한국 공략의 선봉장으로 삼은 녀석이야. 갑자기 짠 하고 튀어나올 놈은 아니라는 거지.

이것이 법이다

그러니 너라면 그런 존재에 대해 잘 알고 있을 것 같은데?"

"사람 귀찮게 하는군."

남상진은 로비스트다. 로비스트는 전 세계를 돌면서 수많은 사람을 만난다. 그러니 그에 대해 주워들을 수도 있다.

아까 말한 대로 사람이 짠 하고 두각을 드러내지는 않으니까.

"내가 왜 그걸 알려 줘야 하지? 그 싸움은 나랑 상관없는데?"

"하지만 돈은 상관있지."

하얀 봉투를 꺼내서 흔드는 노형진.

"3천이다. 너한테는 푼돈이지만 내가 요구한 건 큰 건이 아니라 개인 정보 수준이잖아?"

"큭."

남상진은 어이가 없다는 얼굴이 되었다.

노형진에 대해 모르는 그가 아니다. 그런데 고작 3천이라니.

"장난하나?"

"난 변호사라고. 이건 내가 아닌 대룡이 내는 거야."

"대룡이라고 하면 더 받아야지."

"그냥 대룡에 은혜를 입힌다고 생각하고 한마디만 해 보지?"

"귀찮은 놈."

그는 짜증을 내면서도 봉투를 잡아채서 자신의 안주머니로 밀어 넣었다.

돈이 탐나는 게 아니라 안 알려 주면 알 때까지 자신을 귀찮게 할 거라는 걸 알기 때문이다.

"요시 히무로, 그 녀석이 너희들한테 알려지지 않았을 수밖에. 그 녀석은 대동 소속이 아니야."

"뭐라고?"

"그 녀석은 나 같은 로비스트다."

"뭐?"

그건 생각도 못 해 본 말이었기 때문에 노형진은 당황할 수밖에 없었다.

"네놈 말마따나 갑자기 튀어나올 리 없지 않은가?"

"확실……히 그렇기는 하네."

애초부터 대동 소속이었다면 대룡에서 모를 리 없다.

아무리 국가가 다르다고 하지만 그 정도 정보력은 있는 게 대룡이다. 하나 그런 대룡에도 안 잡혔던 놈인데 의외였다.

'로비스트라……. 확실히…….'

능력은 인정되지만 드러나지는 않는 직업인 만큼 대룡도 그에 대해 알아내지 못할 수도 있었다.

"일본에도 로비 시장이 있지. 뭐, 무기 쪽은 영 아니기는 하지만."

일본산 무기는 가성비가 나쁘기로 소문이 나 있어서 해외 수출이 쉽지 않아 로비스트가 거의 없다.

"하지만 다른 쪽으로는 상당히 많은 녀석이 있지. 특히 그 녀석은 음식 같은 쪽으로 유명해."

"음식?"

"그래."

"음식도 로비를 해?"

"일식이 세계시장에서 왜 그렇게 큰 비중을 차지하는지 이해하지 못하는 모양이군."

"아⋯⋯."

노형진은 아차 하는 생각이 들었다.

한식과 일식 중 세계시장에서 먹히는 것은 일식이다.

한식이 수준이 낮아서가 아니다. 일식이 체계적으로 지원하는 법을 알기 때문이다.

'하긴⋯⋯ 한국 정치인들은 문화 수출이라고 하면 기겁하지.'

문화는 관광 상품이자 한 국가의 정신이다.

그러나 대한민국은 문화라고 하면 일하지 않고 노는 것, 나쁜 것, 마약으로 생각하는 성향이 강하다.

그러니 문화를 키우려고 하거나 적극적으로 뭔가를 하려고 하지 않는 것이 문제이다.

'문화라고 하면 뇌물 받는 방법부터만 찾는 녀석들이니, 원.'

그에 반해 음식 전문 로비스트라니, 이건 생각도 못 한 발상이기는 하다.

"그런데 그 녀석이 얼마 전에 대동에 취업했다는 소식은 들었지. 그 녀석이 미쳤나 했더니 이런 이유가 있었군."

"그렇다면⋯⋯."

"직접적으로 이야기가 끝났다는 뜻이지."

'빌어먹을.'

단순히 한국 진출을 하는 게 아니라 전문 로비스트가 나섰다는 것은 한국 정부와 이미 이야기가 끝나 있다는 소리다.

"너도 엉뚱한 녀석들과 싸우고 다니는 걸 보니 인생이 편할 팔자는 아닌가 보군."

"그 녀석이 그렇게 능력이 뛰어나?"

"만만한 놈은 아니지."

만일 남상진의 말이 사실이라면 사실상 국가를 대상으로도 뭔가를 해 달라고 할 수는 없다는 뜻이다. 아니, 국가에서 자신들을 방해하지 않기를 기도해야 할 판국이다.

"난 이쯤이면 된 것 같군."

그가 자리에서 일어나자 노형진은 툴툴거렸다.

"너무 비싸게 준 것 같네."

"비싸다?"

"고작 로비스트라는 거 하나 알려 준 거잖아."

남상진은 피식 웃었다.

"로비스트의 신분이 제일 중요한 거 모르나?"

"이제는 로비스트가 아니잖아?"

"언제까지 그럴지는 모르지."

어깨를 으쓱하고 몸을 돌려 나가려던 그는 문득 뭔가 생각난 듯 다시 고개를 돌려서 노형진은 바라보았다.

"한마디 더 해 주자면, 그 녀석 고향이 참 재미있는 동네야."

"고향?"

"그다음은 알아서 해. 난 모르니까."

거기까지만 말하고 나가는 남상진.

뒤에 남겨진 노형진은 사건을 해결하기 위해 머리를 쓰기 시작했다.

밥 한 끼 주소

"현 상황에서 가장 중요한 점은 성화에 넘어간 비대위를 정상화하는 것입니다."

"그거야 알고 있네. 그래야 제대로 저항할 수 있겠지. 하지만 우리가 무슨 수로?"

이미 비대위를 구성하고 있는 자들은 세력을 공고하게 한 상황이고 다른 사람들은 그들을 믿고 따라가고 있다.

"우리가 말한다고 해서 우리 쪽으로 올 것 같지는 않네."

이미 그들은 세력을 완성했고 그 안에서 사람들이 저항하고 있다.

그런 상황이니 자신들이 사실을 말한다고 해서 그들이 이쪽으로 넘어올 가능성은 거의 없다고 봐도 무방하다.

"우리가 그걸 손에 넣으려고 하니까 문제인 겁니다."

"응?"

"생각을 바꿔 봅시다. 우리가 비대위를 손에 넣지 않는다고 한다면 어떤 방법이 있겠습니까?"

"그거야……."

송정한은 곰곰이 생각에 빠졌다.

그 답을 찾은 것은 다름 아닌 손채림이었다.

"그거야…… 의심만 좀 심어 두면 안 될까요?"

"의심?"

"네, 우리는 저들을 와해시키는 게 목적인 거잖아요?"

"그렇지. 의심이라……. 확실히…… 좋은 방법이기는 한데 무슨 수로?"

"그러니 그들에게 밥 한 끼 대접하는 겁니다."

"뭐라고?"

"식사를 대접하자고? 지금 농담하나?"

무슨 법적인 공방도, 상대방에 대한 조사도 아닌데 밥 한 끼를 먹여 주자니, 도무지 말이 안 되는 소리였다.

"저도 나름 이유가 있습니다."

"그 이유라는 게 뭔가?"

송정한이 이런저런 황당한 작전을 다 들어 봤지만 분식 대회라는 것은 처음 들어 봤기 때문에 확실하게 이유를 알아야 했다.

노형진은 그동안 집행부를 와해시키기 위해 고민하던 방법을 알려 주기 시작했다.

"일단 이건 법적으로는 우리가 완벽하게 집니다. 그건 아시죠?"

"그건 아네."

현행법상 그들이 분식에 진출하는 것을 막을 수 있는 방법은 없다.

이쪽에서 나서서 그걸 막으려고 하면 도리어 그게 위법이다.

"그렇다고 우리가 집행부에 들어갈 수도 없고 집행부를 끌어내릴 권한도 없습니다. 하지만 집행부에 대한 의심을 심어 줄 수는 있지요."

"집행부에 대한 의심?"

"네."

"무슨 의심?"

"사실은 손채림에게 부탁해서 그 녀석들에 대한 조사를 좀 해 봤습니다."

고개를 갸웃한 사람들.

그러자 손채림은 뭔가를 꺼내서 그들 앞에 나눠 줬다.

"집행부의 가게들입니다."

"집행부의 가게들?"

"네, 비대위는 기본적으로 분식점들의 저항체입니다. 당연히 분식점을 하지 않는 사람이 그들을 이끌 수는 없지요."

"아…… 그렇군."

김성식은 바로 알아들은 듯 고개를 끄덕거렸다.

비대위 집행부에 대해 고민하기는 했지만 그들의 가게에 대해서는 생각해 보지 않았던 것이다.

"조사 결과, 그들 역시 가게가 있습니다. 하지만 대부분은 영업하지 않고 있더군요."

"그게 무슨 말인가?"

"사진을 보세요. 그 집행부의 가게로 등록되어 있는 곳입니다."

사진 속의 가게는 아주 오래된 곳이거나 아예 다른 사업을 하는 곳이거나 둘 중 하나였다.

특이한 점은 그곳들이 모두 영업은 하지 않고 문을 닫고 있다는 정도?

"이게 무슨 의미가 있나? 집행부를 하게 되면 영업하지 못한다고 한 건 자네일세."

"맞습니다. 하지만 사진으로 놓고 보면 이야기가 달라지지요."

"사진으로 놓고 보면 이야기가 달라진다?"

"네, 집행부와 자기 가게를 연결한 사진입니다."

노형진은 그걸 내밀었다.

송정한은 그걸 보다가 왠지 모를 위화감을 느꼈다.

"뭔가 이상한 것 같은데…… 왜 그런지 모르겠군."

"그러게 말입니다."

다들 그렇게 말하면서 고개를 갸웃했다.

손채림은 그런 그들을 보면서 씩 웃었다.

"그럴 수밖에요. 성화에서 큰 실수를 했거든요."

"성화에서?"

"네."

"그게 무슨 말인가?"

"각자의 가게에 배치를 잘못한 거죠."

"그게 무슨 말인가?"

"아!"

송정한은 몰랐지만 무태식은 바로 알아차렸다.

역시나 젊어서 그런지 바로 눈치챈 것이다.

"이 사진의 분식집은 오래되었는데 이 주인은 무척이나 젊군요."

"오호라, 그렇군."

그뿐만 아니라 나이가 많은 데에 비해 분식집이 너무 깨끗한 것도 있다.

"그리고 주소를 보면 분식집이 있을 만한 공간이 아닌데 분식집이 있는 공간도 있고요."

기록상에는 4평이나 될 만한 공간에 분식집이 있는 경우도 있었다.

"이게 뜻하는 건······."

"그들이 바로 '꾼'이라는 거지요."

분식집들을 뭉치게 하기 위해서는 그걸 조직하는 사람도 분식점을 해야 한다.

그래야 제대로 비대위 멤버가 된다.

"성화도 그 점을 모르지는 않았을 겁니다."

그래서 비대위 멤버들에게 분식집을 배당했을 것이다.

"하지만 제대로 된 분식집을 오픈해 주는 것은 돈이 많이 들지요."

그러면 남는 방법은 두 가지다.

첫 번째, 이미 망해 버린 분식집을 잠깐 빌려서 명의를 올린다.

두 번째, 빈 공간에 가짜 간판을 달고 자기 분식집인 것처럼 꾸민다.

"아!"

송정한은 그제야 사진의 위화감을 느낄 수 있었다.

"그들은 자신들이 심은 자들에게 확실한 신분을 만들어 주기 위해 그렇게 가짜 가게를 배당했을 겁니다."

"그건 알겠는데 밥을 대접하자는 이유가 뭔가?"

"말 그대로입니다. 이들은 시위를 전문으로 하는 꾼입니다. 전문 분식을 하던 인간이 아니라요."

"오! 무슨 뜻인지 알겠네."

송정한은 거기서 무슨 말인지 알아차렸다.

"자네는 공개적으로 분식점을 할 실력이 아니라는 것을 드러내겠다 이거군."

"그렇지요."

분식이라고 하는 것은 편하고 또 누구나 다 쉽게 할 수 있는 요리다.

하지만 한편으로는 '요리'라는 이름이 붙어 있는 만큼 생각보다 난이도가 있는 요리이기도 하다.

"이런 말이 있지요. 가장 어려운 요리는 다름 아닌 라면이다."

"라면이라……."

라면을 끓이는 것이 어렵다는 뜻은 아니다. 하지만 라면을 맛있게 끓이는 것은 어렵다.

"이 녀석들이 그걸 알까요?"

"그걸 알 리 없겠군."

고작 분식이라 할지도 모르겠지만 아예 해 본 적도 없는 작자들이 그걸 어떻게 만드는 건지 알 리 없다.

"결국은 그걸 드러내면 사람들은 의심을 할 수밖에 없을 겁니다."

분식집을 한다는 자들이 분식을 만들지 못한다는 것은 말도 안 된다.

그러면 확실히 의심의 씨앗이 생겨날 것이다.

"그 후에는?"

"그 후에는 우리가 증거를 들이밀면 되는 거죠."

"증거라니?"

"이미 그건 모으고 있으니 걱정하지 않으셔도 됩니다. 하지만 아무런 의심도 없이 철저히 충성하는 지금 이 상황에서 증거를 들이밀면 도리어 우리가 역습당할 겁니다."

"그러니 우선은 그들에게 불신의 씨앗을 심자 이거군."

노형진은 고개를 끄덕거렸다.

"이상하다는 생각을 하면 보이지 않는 것도 보이게 되기 마련이니까요."

"나쁜 방식은 아니군. 하지만 핑계가 없잖아? 다짜고짜 짠 하고 대회를 만든다는 것은 좀……."

"핑계는 만들면 그만입니다. 그리고 저들이 절대로 거절하지 못할 핑계가 있지요."

노형진은 눈을 반짝거리면서 웃었다.

⚖️

"그 말이 사실입니까?"

"네."

"그런 말도 안 되는……."

강수찬은 손을 부들부들 떨었다.

그럴 수밖에 없는 게 자신이 하고 있는 일이 이런 일이라고는 생각도 못 했기 때문이다.

'꾼이란 끼리끼리 모이는 법이지.'

그리고 시위꾼과 사회운동가의 기준은 참 애매한 면도 있다.

그래서 가끔은 사회운동가가 시위꾼들과 일하기도 한다.

노형진은 그 안에서 강수찬을 발견했다.

'한 명쯤은 있을 거라 생각했지.'

사회적으로 지탄받고 있는 성화의 상황인 만큼 사회운동가 한 명쯤은 있을 거라 생각했는데 아니나 다를까, 실제로 강수찬이 그 안에 있었던 것이다.

그는 성화에 고용된 시위꾼과 다르게 말 그대로 서민들을 위해 이번 일에 참가한 사람이었다.

그는 노형진이 전해 준 사실에 충격을 받아서 정신이 아득해질 지경이었다.

"이상한 점 없었습니까?"

"그거야…… 많았지요. 빌어먹을 개새끼들."

다른 사람들은 뭐가 어떻게 돌아가는지 모르기 때문에 그저 집행부에서 하라는 대로 했지만 그는 수차례 시위해 온 사람이다. 그러니 뭔가 이상하다는 것을 느꼈던 것이다.

"성화에 싸움을 거는데 정작 예민한 부분은 건드리지 않더군요."

싸울 때는 밀고 나갈 때와 물러날 때를 알아야 한다.

그런데 이번에는 밀고 나가는 게 아니라 무조건 협상해야 한다면서 협상론으로만 주장하고 있는 상황이다.

물론 외부적으로는 물러나라고 소리를 지르고 있지만 내부적으로 협상을 통해 최대 이권을 얻어 내는 것이 목적이라는 소리였다.

"사실 그게 말도 안 된다고 생각은 했는데……."

합의도 이루어지기 전에 합의한 돈을 어디다 쓸지 이야기하는 집행부를 보고 이상하다고 생각은 했는데 설마 그럴 줄은 몰랐는지 강수찬은 정신은 아득해지는 느낌이었다.

'결국 내가 서민들을 죽이려는 일에 직접 나선 꼴이 아닌가?'

자신은 서민을 지키기 위해 나섰는데 시위꾼들에게 속아서 그들을 말려 죽일 뻔한 것이다.

"지금 당장이라고 그걸 알려야겠습니다. 이대로는 못 당합니다."

이를 빠드득 가는 강수찬. 하지만 노형진이 한 말에 아차 싶었는지 입을 꾸욱 다물었다.

"그래서 사람들이 바뀔 거라 생각합니까? 애초에 알릴 방법이 있습니까?"

"……."

알릴 방법이 없다.

자신은 집행부라고 보기도 애매한 직책이다.

허드렛일을 하거나 시위 준비나 뒷정리를 하는 수준.

"내가 나서 봐야…… 의미가 없겠군요."

아니, 자신이 나서려고 하는 순간 집행부에서는 자신을 찍어 낼 것이다.

그러면 자신은 제대로 저항도 못 해 보고 쫓겨날 것이다.

"하지만 그렇다고 마냥 당할 수는 없지 않습니까?"

"마냥 당하라는 법은 없지요. 그러니 당신이 여러 가지 준비를 좀 해 줘야겠습니다."

"여러 가지 준비?"

"과연 그들이 제대로 분식을 조리할 줄 알까요?"

"그게 무슨……."

"말 그대로 그들의 요리 실력을 테스트하는 겁니다."

노형진은 자신의 계획을 간단하게 설명하기 시작했다.

시위 현장에서 비밀리에 조리할 수 있는 장비를 설치한다. 그리고 집행부에 조리해 달라고 하는 것이다.

"아!"

집행부가 시위꾼이라면 제대로 조리될 리 없다.

그건 명백하게 조합원들에게 의심을 살 만한 상황이 된다.

"의심은 끝도 없는 법이지요."

그 후에 의심스러운 정황이 담긴 사진을 비롯한 증거들을 들이밀면 그들은 그에 대해 해명해야 한다.

"하지만 제대로 해명이 될까요?"

이미 증거는 그들이 제대로 된 분식점주가 아니라는 것을 다 증명한 후다.

"그걸 인터넷으로 공개하는 겁니다. 그래야 그 녀석들이 손을 뗄 겁니다."

내부적으로 문제가 생긴 것을 알면 그들은 세력을 나눠서 자신을 추종하는 세력으로 하여금 반대 세력을 막도록 하려고 할 것이다.

그게 고전적인 수법이다.

"그러나 인터넷에서 공개되면 이야기는 달라지지요."

인터넷에서 공개되면 성화 입장에서는 그들에게 물러나라고 할 수밖에 없다.

재수 없어서 그들이 성화와 연결된 어용 집단이라는 사실이 드러나면 성화로서는 심각한 타격을 입기 때문이다.

'협상을 통해 자신들의 좋은 이미지를 키우고 미리 브랜드를 홍보하려고 하는 게 목적이니까.'

그런데 어용 집단까지 만들어 가면서 피해자들을 속이려고 한 게 드러나면 그들이 무슨 소리를 들을지는 뻔한 일.

"그 후에는 제대로 성화와 싸울 수 있을 겁니다."

"그 녀석들이 과연 하려고 할까요? 솔직히 자기들이 못 한다고 하면 끝 아닙니까?"

"그러니까 미끼를 달아야지요."

"미끼?"

"네, 절대로 포기할 수 없는 미끼 말입니다."

노형진은 강수찬을 보면서 미소를 지었다.

이것이 법이다

"물러나라!"

"성화는 각성하라!"

"서민들 다 죽는다!"

며칠째 시위가 계속되었지만 성화는 반응이 전혀 없었다.

그리고 사람들도 지쳐 가고 있었다.

'확실히…….'

이런 식이면 조만간 집행부의 말대로 협상 팀이 나갈 테니 극적으로 협상이 타결될 게 뻔했다.

협상 팀은 집행부에서 나갈 테니 말이다.

'개새끼들.'

살기 위해 저렇게 소리를 지르는 사람들이 고작 성화의 광고용 재료에 지나지 않는다는 사실에 강수찬은 이를 빠드득 갈았다.

그리고 그 분노는 마치 피해자인 양 선두에 서서 고래고래 소리를 지르는 집행부라는 인간들에게 쏟아지고 있었다.

'그렇게는 안 된다.'

지쳐 가는 사람들. 그리고 그들을 선동하는 인간들.

"오늘은 이쯤 하죠, 저쪽도 다들 퇴근하는 것 같으니."

서구섭 회장은 해가 지는 곳을 바라보다가 입을 열었다.

"성화에서는 우리와 대화할 생각이 없는 듯합니다."

"이렇게 하다 보면 언젠가는 할 겁니다."

강수찬이 그에게 다가가서 말하자 서구섭은 마치 당연하다는 듯 대답했다.

'그래, 언젠가는 하겠지.'

그리고 자신들이 결정된 조건을 타결되었다며 들고 올 것이다.

그 후에는 자신들은 버려지고 저들은 도망갈 게 뻔했다.

그러면 성화는 착한 기업이라는 가면을 쓰고 전면으로 나설 테고 마약김밥은 무서운 속력을 퍼질 것이다.

"이쯤하고 내일 다시 모입시다. 물건 정리해요."

마치 종을 부리듯 강수찬에게 턱 끝으로 명령을 내리는 서구섭.

고까운 행동이었지만 평소에는 그냥 넘어갔다. 하지만 오늘은 그의 말대로 할 생각이 없었다.

"일단은 시간이 늦었으니 회원들에게 저녁이라도 먹이고 가죠."

"알아서들 먹으라고 해요. 여기서 뭘 어떻게 해 먹는다고."

"아, 미리 준비는 되었습니다."

"준비?"

때마침 들어오는 한 대의 차량.

서구섭을 비롯한 모든 사람들의 시선은 그 차량으로 향했다.

트럭이 열리고 그 안에서는 여러 가지 조리 기구가 나오기 시작했다.

　냄비에서부터 소소한 계량컵까지, 없는 것이 없었다.

　"그게 뭡니까?"

　"말 그대로 밥차입니다. 지원자분이 밥을 해 먹으라고 보내 주셨습니다."

　"별 미친."

　서구섭은 피식하고 비웃음이 나왔다.

　보통 지원이라고 하면 돈이나 물건을 주지, 밥차를 보내 주진 않았기 때문이다.

　"뭐, 상관없지 않습니까?"

　"뭐가 말인가?"

　"여기에 있는 분들 다 식당 하는 분들인데 간단한 음식이야 금방이지요."

　"그렇지. 알아서 해서 먹으라고 해."

　고개를 반대로 돌리고 손을 휘휘 저으면서 말하는 서구섭.

　명백하게 귀찮다는 뜻이었다.

　"집행부분들이 한번 해 주시지요."

　"뭐라고?"

　강수찬의 말에 서구섭은 고개를 돌려서 그를 노려보았다.

　명백하게 느껴지는 적대감.

　감히 너 따위가 나한테 노동을 시키려고 하는 것이냐는 시선이었다.

"너 이 새끼가 말이야, 요즘 좀 컸다 이거냐? 어디다 대고 해라 마라야!"

"해라 마라가 아니라 위원회 집행부가 조합원들에게 밥 한 끼 해 주는 게 뭐 큰일입니까?"

"내가 고작 그딴 일이나 하려고 여기에 온 줄 알아? 나도 바쁜 인간이야!"

소리를 버럭버럭 지르면서 언성을 높이자 슬슬 모여드는 사람들.

"무슨 일이야?"

"뭔데?"

다들 영문을 모르고 다가오고 있었다. 그중에는 집행부도 있었다.

"글쎄, 이 새끼가 우리보고 밥하란다."

"뭐?"

"우리가 지금 노는 줄 아나? 지금 우리도 가서 또 회의해야 해, 이 새끼야!"

대번에 강수찬을 공격하는 분위기가 되는 상황.

그의 예상대로 자신들에게 불리하다고 생각하자 바로 강수찬을 찍어 내기 위해 움직이기 시작한 것이다.

"이봐, 수찬이. 그래도 바쁜 분들인데."

"맞아. 이분들도 생계를 접고 나온 분들인데 말이지."

영문을 모르는 조합원들까지 강수찬에게 한 소리를 하기

시작했다.

이대로라면 강수찬은 다시는 여기에 오지 못하게 될 게 뻔했다.

'자, 그럼 이 떡밥에는 당신이 어떻게 반응하는지 봅시다.'

하지만 강수찬은 노형진이 준 떡밥이 있었다.

"제가 부탁드리는 건 제 의견이 아니라 후원자분의 부탁입니다."

"후원자의 부탁?"

"네."

"무슨 부탁?"

"집행부에서 조합원들에게 밥을 해 주면 바로 현금 1억을 기증한다고 했습니다."

"지, 진짜로?"

"진짜로 1억을 준다고?"

"네. 단, 조건이 '집행부에서 조합원들에게 밥해서 주는 경우에만'입니다. 솔직히 당황스러운 조건이지만 못 들어줄 정도는 아니지 않습니까?"

강수찬은 마치 아무것도 모르는 것처럼 천연덕스럽게 말했다.

그리고 그 돈을 본 사람들의 분위기는 대번에 바뀌어 버렸다.

"그래, 위원장. 그냥 밥 한 끼 해 주고 말아."

"얼마나 걸리겠어?"

"어서 먹고 가자고."

"안 그래도 지금 자금이 부족하다면서? 우리끼리 낼 수 있는 돈에는 한계가 있잖아."

"그, 그게……."

서구섭은 당황했다. 갑자기 이런 일이 벌어질 거라고는 생각도 못 했기 때문이다.

"무려 1억입니다. 그냥 해 주고 말죠."

강수찬은 모르는 척 말했지만 속으로는 이미 분노가 치밀어 오르고 있었다.

"그게 쉬운 게 아니잖아!"

"뭐가 어렵습니까?"

"그러니까……."

여기에 있는 사람은 다 해 봐야 이백 명 정도다. 그리고 집행부는 그중 열 명 정도.

이 정도면 한 사람당 스무 명 정도를 담당하게 되는 건데, 분식집을 하는 사람이라면 그 정도는 할 수 있다.

"에잇, 그걸 어떻게 믿어!"

서구섭은 상황이 좋지 않게 돌아가자 어떻게 해서든 벗어나려고 했다.

"그 부분은 저희가 보증합니다."

때마침 뒤에서 들리는 목소리.

고개를 돌려 보니 거기에는 노형진과 손채림이 서 있었다.

"너희들은?"

서구섭은 노형진을 알아보고는 아차 싶었다.

'씨발, 새론 새끼들이 여기 왜 있는 거야?'

성화에서 조심하라고 했던 대룡의 변호사가 자신의 앞에 서 있었기 때문이다.

"공증을 확인하기 위해 왔습니다."

"공증?"

"네, 여기 공증 서류입니다. 당사자는 기밀입니다만 강수찬 씨가 참석하셔서 공증하셨습니다. 이 공증서에 따르면 분식비대위의 집행부가 조합원들에게 저녁 식사를 제공하는 경우 바로 1억을 현금으로 지급한다고 되어 있습니다. 그중 3천은 집행부가 가져가고 나머지 7천은 자금으로 쓰시면 됩니다."

"헐!"

"땡잡았네."

무려 3천이나 준다는 말에 부럽다는 시선이 되는 사람들.

하지만 집행부는 당황할 수밖에 없었다.

"그걸 어떻게 믿어!"

"그 돈이 여기에 있으니 믿으셔도 됩니다."

노형진은 미리 준비한 공공칠가방을 열었다.

그걸 본 사람들의 눈은 어느 때보다 커졌다. 그럴 수밖에 없는 게 무려 1억을 가방에 담아 두는 것을 언제 보겠는가?

"어서 해 주면 되겠네."

"맞아. 빨리 먹고 가세."

조합원들이 성화하자 집행부는 당황하기 시작했다.

이런 식으로 궁지에 몰릴 거라고는 생각도 못 했기 때문이다.

"나중에 해 줄게, 나중에."

어떻게 해서든 빠져나가려고 하는 집행부. 하지만 노형진이 그걸 가만둘 리 없었다.

"안 됩니다. 공중 내 제한 시간은 오늘 밤 9시까지로 되어 있습니다. 그때까지 식사가 제대로 종료되지 않으면 없던 일이 됩니다. 앞으로 두 시간 남았습니다."

시계를 확인하면서 칼같이 끊어 버리는 노형진.

그 말을 들은 집행부는 당황해서 어쩔 줄 몰라 했다.

"조리 기구도 여기에 있고 재료도 다 준비되어 있습니다. 그냥 주문만 받아서 하시면 됩니다."

"큭……."

"아니면 못 하시는 뭐 다른 이유라도 있습니까?"

"……."

집행부는 차마 말하지 못했다. 이런 상황에서 할 줄 모른다고 할 수는 없기 때문이다.

"좋아, 하지. 그딴 거 내가 못할 것 같아?"

결국 발끈하면서 앞으로 나서는 서구섭.

"그딴 분식 같은 거 쉽다고. 안 그래?"

"그, 그럼요."

'그딴이라……. 후후후.'

진짜로 분식업을 해 본 사람이라면 절대로 '그딴'이라는 말을 하지 않을 것이다.

하지만 그들은 분식이라는 것을 만만하게 보고 덤빈 것이다.

"좋습니다. 그러면 이제 주문을 시작하지요. 앞으로 두 시간 남았으니 시간은 충분합니다."

"좋아. 뭘 해 주면 되는데?"

"그거야 조합원들이 주문하겠지요. 메뉴는 여기에 있는 열 가지 중에서 고르시면 됩니다. 준비한 재료가 이 정도라서요."

조합원들은 이때쯤 되니 뭔가 이상하다는 생각을 하고 있었다.

뜬금없는 후원자도 그렇지만 무려 1억 중 3천을 집행부에 준다고 하는데도 해 주지 않으려고 하는 그 모습이 이해가 가지 않았기 때문이다.

"난 라면."

"그러면…… 난 비빔밥."

"난 튀김."

"어…… 난 뚝불."

여러 가지 메뉴에서 음식을 고르는 사람들.

집행부는 드디어 화로에 불이 붙고 음식을 준비하기 시작했다.

"잘될까요?"

그 모습을 보면서 강수찬은 걱정스럽게 물었다. 자신들이 판 함정이기는 하지만 상대방이 빠지지 않으면 아무 소용 없기 때문이다.

"이미 저들은 빠졌습니다."

"네?"

그런데 노형진은 자신 있는지 피식 웃고 있었다.

"저기 라면 코너 보이시죠?"

"네."

"뭐가 잘못된 건지 아시겠습니까?"

"물도 안 끓었는데 뭐 잘못될 게 있습니까?"

커다란 솥에서 멍하니 기다리고 있는 집행부.

"저건 아주 잘못된 행동이지요."

"네?"

"라면을 주문한 사람이 무려 스물세 명이거든."

"그런데요?"

"모르실 겁니다. 보면 압니다."

노형진은 히죽거리면서 웃었다.

사실 라면이라고 하면 가장 먼저 나오고 가장 편한 음식이다. 그러니 가장 쉽다고 많이들 생각한다.

아마도 그걸 담당한 사람은 그렇게 생각하고 기다리고 있을 게 뻔했다.

라면을 시킨 사람들도 배가 고픈 사람들이었기 때문에 가장 빨리 나오는 걸 시킨 것이다.

예상대로 가장 먼저 물이 끓기 시작했고 그는 서둘러 라면을 넣었다.

그런데 라면이 나왔을 때 다들 황당하다는 얼굴이 되었다.

"장난해? 이게 죽이지, 라면이야?"

"이건 덜 익었잖아?"

고르게 익지 않았거나 아예 죽이 되어 버리다시피 풀어진 면발이 함께 섞여 있는 라면은 사람들을 당황시키기에 충분했다.

하지만 더 심각한 문제는 다른 데에 있었다.

"욱!"

"왜 이렇게 짜?"

조합원들은 기본적인 맛도 내지 못하는 라면을 보고 기가 막혀서 말이 안 나왔다.

"왜 그러십니까?"

강수찬이 다가가자 한 명이 자신이 먹던 라면을 그에게 내밀었다.

"이봐, 수찬이. 이거 한번 먹어 봐."

"네?"

고개를 갸웃하면서 라면을 입에 넣은 강수찬은 얼굴을 찌푸렸다.

면이 생면에 가까운 상태인 것도 있었지만, 국물이 텁텁한 데다 짜기까지 했기 때문이다.

"아니, 왜 이래?"

라면이 이상한 건 아니다. 분명히 새 라면 박스를 뜯는 것을 봤으니까.

"시간의 문제이지요."

"시간?"

노형진은 그런 강수찬의 뒤에 서서 설명해 줬다.

"저 사람은 라면의 물이 끓을 때까지 멍하니 서서 기다렸습니다. 조금이라도 분식을 조리해 본 경험이 있는 사람이라면 절대로 안 할 행동이지요."

라면은 순식간에 익는 음식이다. 면이 들어가고 3분 정도면 다 익어 버린다.

그런데 끓여야 하는 라면의 숫자는 무려 서른 개.

주문한 사람이 스물세 명이라고 하지만 더 먹는 사람이 당연히 있기 때문이다.

"물이 끓기 시작하면서 일단 면을 넣기 시작하죠."

그런데 그는 라면을 하나씩 찢어서 집어넣었다. 전형적으로 집에서 끓이는 방식이다.

"그런데 그렇게 되면 앞쪽 라면과 뒤쪽 라면의 시간 차가 엄청나게 벌어집니다."

면과 수프를 넣는 시간을 개당 20초만 잡아도 서른 개를 끓이면 600초다. 분 단위로 계산하면 무려 10분.

더군다나 마지막에 들어간 라면이 끓는 데 걸리는 시간인 3분을 더해야 하니 13분이라는 결과가 된다.

"13분 걸렸을 때 가장 먼저 넣은 라면은 어떻게 될까요?"

"아!"

말 그대로 불어 터질 때로 불어 터져서 곤죽이 되어 버렸을 것이다. 그 때문에 라면의 국물이 이렇게 텁텁해졌을 테고 말이다.

"그리고 라면의 수프도 양이 많아지면 더 줄여야 합니다."

양이 많아진다고 해서 물의 양도 두 배가 되는 게 아니기 때문에 조금씩 수프를 줄여야 한다.

그런데 조리한 사람은 있는 대로 다 털어서 넣었다. 그러니 짤 수밖에.

"그래서 일반적으로 분식 경험이 있는 분들은 미리 다 준비합니다."

라면을 뜯어서 면 따로 수프 따로 그릇에 담아 뒀다가 물이 끓으면 한꺼번에 쏟아 넣어 버린다.

그래야 제대로 익고 맛도 나기 때문이다.

"하지만 이렇게 대량으로 해 본 적이 없으니 그걸 알까요?"

당연히 맛대가리 없는 라면이 나올 것이다.

그리고 그들의 문제는 이제 터져 나오고 있었다.

"아악! 내 손!"

비빔밥에 들어가는 채소를 썰다가 손을 베어 버린 남자.

그런데 그의 앞에 있는 채소는 양이 얼마 되지도 않았다.

"거참, 칼질도 못하고 속력도 느리고. 어느 세월에 다 하시려고요?"

노형진은 빈정거리면서 그를 바라봤지만 그는 뭐라고 할 수가 없었다.

칼질을 제대로 해 본 적이 없으니 당연히 채소를 채 친다는 것을 제대로 할 수 있을 리 없다.

"으윽."

때마침 뒤에서 터지는 신음.

거기로 가 보니 사람들이 돈가스를 들고 황당해하고 있었다.

"뭐야? 장난해?"

시커먼 색으로 변한 돈가스. 그런데 잘려 버린 안쪽 단면은 익지도 않았다.

불 조절을 제대로 못 해서 온도를 잘못 맞추니 겉은 탔는데 속은 날것인 것이다.

그리고 피날레는 불꽃으로 장식됐다.

"불이야!"

"으악! 불이야!"

갑자기 냄비에서 불꽃이 터져 나오자 그걸 조리하던 서구섭은 비명을 지르면서 불구덩이에서 도망쳐 나왔다.

튀김을 익히던 냄비가 과도한 열을 이기지 못하고 불이 나 버린 것이다.

"불 꺼! 어서!"

그 모습을 어이없어하며 지켜보던 조리 기구 대여점 직원이 당황해서 소화기를 가지고 와서 다급하게 불을 끈 덕에 다행히 부상자 없이 사건이 끝났지만, 그 불길과 함께 사람들의 믿음은 완전히 불타 버리고 말았다.

"당신들 말이야, 제대로 하는 게 뭐야?"

"분식점 주인이라면서?"

어이없어하는 조합원들.

'그렇지. 너희는 이걸 예상하지 못했지.'

노형진은 이 장면을 보고 있을 성화의 사람들을 생각하면서 피식 웃으며 성화의 건물을 바라보았다.

아마 다짜고짜 그들에게 조리를 시킬 거라고는 예상도 못 했을 것이다.

'이름만 올리면 그만인 줄 알았냐?'

자신들이 포섭한 시위꾼들이 당하는 걸 그대로 보여 주고 싶었기 때문에 노형진은 그들을 다른 장소로 부르지 않고 비싼 돈을 들여서 조리 기구 대여소에서 배달해 온 것이다.

"큭…… 난 진짜 분식집이 있다고!"

"그런 것치고는 아예 분식에 대한 개념 자체가 없는 것 같은데?"

문제는 지금까지 벌어진 것만이 아니었다.

오므라이스를 만드는 인간은 계란을 완전히 태워 먹었고, 김치찌개를 끓이는 쪽은 김치국이라고 해야 할 정도로 멀건 국물에 김치만 둥둥 띄운 것을 만들었다.

볶음밥 쪽은 아예 밥 자체가 되지를 않았다. 너무 질척거려서 먹을 수가 없는 수준이 된 것이다.

"난 상호도 있다고! 봐 봐!"

개인 사업자 증명서까지 내밀면서 주장하는 서구섭. 그러나 그게 그의 실수였다.

"아니, 누가 시위하러 오는데 자기 개인 사업자 증명서를 가지고 옵니까?"

노형진의 말에 아차 하는 얼굴이 되는 서구섭.

그의 실수는 그것만이 아니었다.

"그리고 이것에 따르면 당신이 개인 사업자로 등록한 건 채 두 달이 되지 않았는데요?"

"그게 뭐 어때서? 새로 오픈한 사람은 대표 하지 말라는 법 있어?"

"그건 아니죠. 하지만 어떤 목적으로 오픈한 사람은 이야기가 달라지지요."

"뭐?"

"이 사진에 대해 어떻게 생각하세요? 서구섭 씨의 가게입니다.”

가게의 사진을 몰려든 사람들에게 넘겨주는 노형진.

그런데 누가 봐도 가게 자체는 무척이나 오래되어 보였다.

“개인 사업자로 연 지 고작 두 달 된 것치고는 가게가 무척 오래된 거 아닙니까?”

“그, 그거야 넘겨받았으니까…….”

“그런데 이 가게, 망한 지 벌써 네 달이 넘었다는데요. 주민들에게 물어보니 지난 네 달간 한 번도 안 열었다고 하던데요.”

사람들은 의심스러운 눈빛을 보내기 시작했다.

“다른 집행부분들도 마찬가지입니다. 서구섭 씨는 본인이 직접 가지고 왔지만 다른 분들은 제가 좀 챙겨 왔지요. 그런데 다들 동일한 날짜에 신청하시고 허가가 났더군요. 마치 마법처럼 짜잔 하고 말입니다.”

그들의 개인 사업자 기록 사본을 나눠 주자 사람들은 그걸 어이가 없다는 시선을 받아 봤다.

“진짜네?”

“뭐야? 고작 생긴 지 두 달이야?”

“그리고 그분들의 가게는 주변에서 물어보니 단 한 번도 오픈한 적이 없다고 하더군요. 그리고 몇몇 분들은 간판만 있지, 아예 집기 자체가 없던데요?”

“뭐라고?”

“건물 주인한테 부탁받아서 들어가 봤습니다. 아예 집기가 없더군요. 심지어 새로 생긴 곳은 6개월 단기 임대라던데, 요즘은 분식집을 그렇게 짧게 하나 봅니다?"

"무슨 소리야? 단기 임대라니?"

"이보게, 서 회장. 무슨 말 좀 해 봐!"

몇몇 사람들은 상황을 이해하지 못하고 서구섭에게 설명을 요구했다.

"빌어먹을……."

하지만 서구섭은 아무런 말도 할 수가 없었다. 모조리 뽀록난 것이다.

가게 위치만 드러난 거라면 변명이라도 해 보겠는데, 애초에 요리 자체도 할 줄 모른다는 게 드러나니 뭐라고 변명을 할 만한 건더기조차도 없었다.

"이런 거죠."

노형진은 어깨를 으쓱하면서 그들에게 설명해 줬다.

"비상사태가 벌어지니 비대위를 이끄는 척하면서 이권에 개입해서 돈을 뜯어내는 방식."

"뭐?"

"이상하다는 생각 안 해 보셨습니까? 분식집을 하는 사람이 시위에 대해 너무 잘 안다는 거?"

"어? 그러고 보니?"

"그렇기는 하지. 그래서 회장도 맡기고……."

하나를 의심하게 되면 다른 것도 의심하게 되는 것이 사람이다.

전에는 잘 알아서 맡긴 것이지만 생각해 보니 그것도 이상한 일이었다.

사람이 평생 살아가면서 시위를 이끌 만한 일이 얼마나 되겠는가?

참석하는 것과 그걸 이끄는 것은 전혀 다른 일이다.

"서구섭 회장이 새론에서 여러분들을 도와드리려고 한다는 거, 말한 적 있습니까?"

"새론?"

"네, 대형 로펌입니다. 무료 변론을 해 드린다고 했는데 거절하더군요."

"그게 무슨 소리야?"

"아니, 서 회장! 아니, 야, 서구섭! 너, 무슨 짓을 한 거야?"

점점 격앙되는 사람들.

노형진은 지금 상황을 간단하게 설명했다.

"이권을 노리고 끼어든 겁니다. 그래야 자신이 뭐든 챙겨 먹을 수 있으니까요. 이권을 위해 분식점 업주인 것처럼 행동한 거지요. 아마 협상이 종료되면 그 돈을 들고 튈 생각이 었을 겁니다."

"뭐라고?"

"이상하게 협상해야 한다고 많이 말하지 않던가요?"

"확실히……."

마음 같아서는 성화가 뒤에 있다는 것을 드러내고 싶지만 애석하게도 그 증거는 없다.

그러니 일단은 저 녀석들을 쳐 내는 걸로 만족해야 한다.

"증거 있어! 증거 있느냐고!"

서구섭은 소리를 버럭버럭 질렀다.

노형진은 그런 그를 피식 비웃었다.

의심을 자아내기 힘들어서 그렇지, 의심하게 된 후에 그 의심을 키울 방법은 많다.

"아까도 말했다시피 당신은 시위에 아주 익숙합니다. 사람이 배 속에서부터 그걸 알고 나왔을 리 없으니 다른 곳에서 배웠겠지요. 안 그렇습니까?"

"뭐?"

"이 사진은 어떻게 설명하실 겁니까?"

다른 사진을 꺼내는 노형진.

그러나 이번에는 아까처럼 건물이나 가게를 찍은 게 아니라 서구섭 본인을 찍은 사진이었다.

다만 다른 곳에서 찍혔다는 것이 문제였다.

"이건 공항 소음 시위에서의 당신, 이건 방사능 대책 위원회에서의 당신, 이건 기름 유출 사고 때의 당신, 그리고 이건 태풍으로 인한 과실피해배상대책위원회에서의 당신 등등. 더 드릴까요?"

다른 장소에서 시위한 수많은 증거들이 나오자 서구섭은

할 수 있는 말이 아무것도 없었다.

"야! 이 새끼들아!"

사람들은 흥분했다.

자신들은 절박했다. 그래서 여기까지 온 것이다. 그런데 고작 이용당한 것뿐이었다니.

"애초에 시위하자고 꼬신 것도 저들 아닙니까?"

생각해 보면 그렇다.

자신들은 그런 것에 대해 전혀 알지도 못한다.

그런데 동종 업계 사람이라면서 설득한 것이 저들이었다.

그래서 그가 회장이 된 것이다.

다른 사람은 아무것도 모르고 리더십을 갖추고 이끄는 것은 그뿐이었으니까.

"이 개새끼들!"

"죽여 버릴 거야!"

조리를 위해 비치된 칼까지 드는 사람들.

그걸 본 서구섭이 선택할 수 있는 것은 하나뿐이었다.

"씨발, 튀어!"

집행부가 도망가는 걸 보면서 노형진은 비웃음을 흘리다가 문득 생각난 것이 있는지 성화 쪽으로 고개를 돌렸다.

그리고 손으로 커다란 빽큐를 만들어서 그쪽을 향해 날렸다.

구멍은 작은 곳에서부터 시작된다

"씨바알!"

김두만은 흥분은 감추지 못한 채로 길길이 날뛰고 있었다. 어떻게 돌아온 이곳인데 또다시 노형진이 방해하고 있었던 것이다.

더군다나 어제는 아주 대놓고 자신에게 뻑큐를 날렸다.

다 알고 그런 건지는 알 수 없었지만 그가 망원경으로 상황을 지켜보고 있을 때 벌어진 일이라 그 행동을 두 눈 뜨고 그대로 볼 수밖에 없었다.

"빌어먹을 개자식! 죽여 버릴 거야! 죽여 버릴 거라고!"

길길이 날뛰는 김두만을, 요시 히무로는 무심한 눈으로 바라보았다.

"으아아!"

"그만하시죠. 그렇게 흥분해 봐야 당신에게 좋을 거 하나도 없습니다."

"뭐라고? 지금 나한테 덤비는 거야!"

"아니요. 경고하는 겁니다."

"큭."

오만한 말이었지만 김두만은 그에게 뭐라고 저항할 수가 없었다. 자신이 아무리 다시 돌아왔다고 해도 과거와 같은 힘을 가지고 있지 않다. 자신은 명백하게 후계 구도에서 쫓겨난 상황.

'다시 안으로 들어가려면…….'

요시 히무로의 힘이 절대적으로 필요하다. 그러니 그가 부사장이라고 하더라도 그에게 저항할 수는 없다.

"그런데 의외군요. 이런 방식을 꿰뚫어 보는 녀석이 있을 줄이야. 조센징 주제에 제법이군요."

"지금 한국인을 무시하는 거야?"

"꼴에 한국인이라고, 조센징이라는 말에 발끈하는 겁니까? 몰락을 막기 위해 우리한테 손을 벌린 주제에?"

"……."

"하여간 놀랍습니다. 일본에서는 한 번도 안 걸렸는데 말이지요."

누구도 이런 방식이 있다고는 생각도 못 했다. 그래서 단

한 번도 문제가 된 적이 없었다.

물론 리더가 이끄는 대로 가는 일본 특유의 문화 탓도 있지만 자신의 계획을 알아차리는 사람이 없어서 그런 것도 있었다.

'노형진이라……. 재미있는 녀석이군.'

자신의 계획이 망가지기는 했지만 아예 실패한 것은 아니다.

"어차피 광고를 위해 써먹으려고 하던 녀석들이니 광고는 다른 쪽으로 해야겠군요."

"마약김밥은 그럼 계속하는 거야?"

"저들에게는 법적으로 마약김밥을 막을 권한이 없습니다. 그러니 걱정하지 않아도 됩니다."

공짜로 대대적인 광고를 하지 못하게 된 것이 아쉽기는 하지만 아직 이 나라에서 돈을 뽑아낼 방법은 많았다.

"다만 다음번에 다시 부딪칠 것 같군요. 기대해도 되겠어요."

요시 히무로는 왠지 기대된다는 얼굴로 해가 지는 창밖을 바라보았다.

⚖

"서구섭이 도망가고 나자 갑자기 사무실에서 쫓겨났다 이 건가?"

"네, 계약 당사자가 나가라고 하더군요."

"그렇겠지. 성화가 배알이 꼴려서 놔두겠나."

"그렇지요."

서구섭이 실패한 것은 금방 알려졌으니 성화가 돈을 내줄 리 없다. 그러니 바로 방을 빼 버린 것이다.

당연히 대책위는 상황을 알아보기도 전에 길바닥으로 나앉을 수밖에 없었다.

"일단 서구섭이 빠져나간 후에 강수찬이 사람들을 다시 모아서 저항 세력을 만들었습니다. 현재로써는 제대로 된 집단이기는 합니다만."

"여전히 문제가 해결된 건 아니다 이거지?"

"그렇지요."

저들의 노이즈 마케팅만 막았을 뿐 마약김밥의 한국 입성을 막은 것은 아니다. 당연히 그들을 막기 위해서는 다른 방법이 필요하다.

"그래서, 방법 좀 생각해 봤나?"

"글쎄요. 가장 좋은 방법은 일본에서 냉동식품과 레토르트식품을 수입해서 시중에 뿌리는 것이기는 한데……."

"그건 나도 알고 있네. 하지만 쉽지 않더군."

유민택은 고개를 절레절레 흔들었다.

"수입이라는 게 쉽게 되는 게 아니라서 말이지. 더군다나 대동이 어떻게 한 건지 쉽게 뚫리지가 않아."

"대동도 바보가 아니니 우리의 수입을 막으려고 하겠지요."

가장 효율적인 대처법이니까 대동도 예상하고 있을 것은 당연한 일.

"그러니 수입하더라도 당장은 안 될 겁니다."

"흠…… 국내 생산을 해 볼까?"

"무리입니다."

한국 음식도 아니고 일본 음식을 한국에서 제 맛을 낸다는 것은 힘들다. 더군다나 어찌 되었건 레토르트나 냉동 기술은 일본이 한국보다 훨씬 뛰어나다.

"그러니 똑같이 만든다고 해도 밀릴 겁니다."

"그런다고 놔둘 수는 없고."

노이즈 마케팅을 막았다고 해서 다 끝난 게 아니다. 그들의 한국 진입을 막을 수 있어야 한다. 최소한 늦추기라도 해야 한다.

'마지막 말은 뭘까…….'

노형진이라고 해도 그걸 무조건 막을 수도 없는 상황. 그 상황에서 노형진은 계속 꺼림칙한 게 있었다.

'고향이라…….'

남상진은 노형진에게 요시 히무로의 고향에 대해 알아보라고 했다. 그러나 노형진이 조사한 바에 따르면 고향이 딱히 특이한 점도 없었다. 그저 시골일 뿐이었다.

"왜 그러나?"

"아니, 요시 히무로에 관해서 정보가 있는데 그걸 어떻게 이해할지 모르겠어서 말입니다."

"정보?"

"네."

노형진이 아는 바를 이야기해 주자 유민택 역시 고개를 갸웃했다.

"흔한 지명 같은데?"

"그러니까요."

"한국인이 모르는 뭔가가 있는 거 아닐까?"

"그럴까요?"

"그래, 일본인에게 물어보는 건 어떤가?"

"일본인에게요?"

"대룡에 설마 일본인 한 명 없겠는가?"

"아!"

대룡은 큰 기업이다. 그리고 일본에서 한국으로 와서 취업한 사람들도 적지 않다.

"그런 사람들에게 물어보면 뭐라도 나오지 않을까?"

"그렇지요."

"내 한번 알아보지."

그는 바로 비서실에 전화했고, 얼마 지나지 않아서 한 청년이 회장실로 불려 올라왔다.

그는 잔뜩 긴장한 얼굴로 노형진과 유민택을 바라보았다.

"아, 안녕하십니까? 카구야라고 합니다!"

어색한 한국어지만 대화는 어렵지 않았기 때문에 노형진은 그와 인사를 나누고 바로 질문을 던졌다. 어차피 오래 있으면 스트레스를 받는 건 그니까.

"혹시 노메가 현이라는 곳에 대해 압니까?"

"네?"

"그곳에 대한 정보가 필요한데요."

"거기는…… 잘 모릅니다만……."

모른다고 딱 잡아떼는 그였지만 얼굴에서는 약간의 당혹감과 불쾌감이 드러났다.

'단순히 지역명만 듣고 불쾌감을 드러내?'

회장이 물어보는데 몰라서 당황할 수는 있다. 하지만 결코 불쾌감을 드러낼 수는 없다.

하물며 그는 일본인이다. 일본인은 절대 상관 앞에서 불쾌감을 드러내는 자들이 아니다. 그런데 불쾌감을 순간적으로나마 드러낸 것이다.

"진짭니까?"

"네."

"그래요? 그렇다면 전 당당하게 당신의 해직을 요구할 수 있겠군요."

"네? 자, 잠깐, 왜 그러십니까?"

"기업에 다니는 자가 다른 사람도 아니고 회장의 질문에 거짓말을 하는데 그 사람을 어떻게 믿고 고용합니까? 안 그렇습니까?"

"확실히 그렇지. 내일부터 안 나와도 좋네."

카구야는 깜짝 놀랐다. 자존심 상하는 질문인지라 대답을
안 한 것뿐인데 설마 자신이 잘릴 거라고는 생각도 못 했던
것이다.

"압니다. 죄송합니다. 다만…… 기분이 좀 안 좋은 지역이
라…… 거짓말했습니다. 용서해 주십시오!"

바로 고개를 숙이면서 사실대로 말하는 카구야.

유민택은 그를 바라보면서 다시 한 번 기회를 주는 것처럼
말을 꺼냈다.

"기회는 한 번뿐일세."

"죄송합니다."

"그래서 노메가 현은 뭔가?"

"그곳은 부라쿠민이 사는 지역입니다."

"부라쿠민?"

"그게 뭔데?"

낯선 단어에 노형진도 유민택도 어리둥절했다. 한국에서
한 번도 들어 본 적이 없는 말이기 때문이다.

그러나 그 단어가 뜻하는 현실 때문에 그가 말하는 걸 주
저했다는 걸 아는 데 얼마 걸리지 않았다.

"한국으로 치면…… 천민, 아니 그 아래입니다. 인도의 불
가촉천민급 되는 지역입니다."

"뭐라고?"

"불가촉천민?"

불가촉천민이란 인도의 카스트제도상 가장 아래에 있는 신분으로, 서로 닿는 것 자체가 불경하다고 해서 불가촉천민이라고 한다. 그런데 불가촉천민이라니?

"그게 무슨 말인가?"

"사실은…… 공식적으로는 인정이 안 됩니다만……."

부라쿠민은 일본의 천민으로, 가장 하층 계급이라고 사람들은 생각한다. 공식적으로 신분제가 없는 게 민주주의 사회이고, 실제로도 현대에서 신분을 나누는 것은 혈통이 아닌 돈이다.

"하지만 부라쿠민이라면 이야기가 달라집니다."

현대 일본에서 상위 계급은 없지만 하위 계급은 남아 있는데 그게 바로 부라쿠민이다.

"그런데 그렇게 차별받을 정도로 그들의 신분이 천한가?"

유민택은 고개를 갸웃했다.

사실 한국은 전쟁으로 모든 게 초토화되면서 신분제 역시 박살 났다. 피난으로 인해 사람들이 뒤섞였고, 가지 못하는 지역이 생겼다. 그리고 자신을 증명할 수 있는 것들이 모조리 사라졌다.

역설적이게도 한국의 그런 비극이 신분제 타파를 가속화한 것이다.

하지만 일본은 그렇지 않다. 일부 지역을 제외하고는 전쟁의 겁화를 겪지 않아서 신분제가 아주 사라지진 않았다.

"부라쿠민은 최하층입니다."

"어느 정도인가?"

"그게……."

"사실대로 말해 주게."

"국가에서 따로 관리한 적이 있고……."

"뭐?"

듣다 보니 기가 막혀서 말이 안 나올 지경이었다.

국가에서 그들만 따로 구분해서 관리한 적도 있고, 기업에서는 그들만 구분해 놓은 백서 같은 것을 비밀리에 가지고 있으면서 그걸 통해 지역 출신에 따라 고용을 차단하며, 심지어 정치인조차도 공식 석상에서 그들을 대놓고 깔 정도로 부라쿠민의 신분은 엄청나게 낮은 것이었다. 그것도 공식적으로 말이다.

"그런데 왜 말을 안 했나?"

"그게…… 아무래도 외국인들은 모르는 문제니까……."

"허허, 참. 그러니까 일본의 안 좋은 모습은 인정하고 싶지 않다 이건가?"

"……네."

"전형적인 일본인 스타일의 발상이군요."

일본은 자신들의 안 좋은 부분은 아무리 증거가 있고 주변에서 명확하다고 해도 절대 인정하지 않는다. 2차 대전 당시의 전범이나 학살 행위, 전쟁 범죄나 성노예 사건 등등 그들이 인정하는 것은 하나도 없다. 자신들에게 좋지 않은 부분이니까.

"그런데 그게 문제가 되나? 어찌 되었건 입사하면 마찬가지 아닌가?"

"그게……."

"말해 보게."

"그 사람이 부라쿠민이라는 사실이 드러나면 다른 사람들은 그와 일 자체를 하지 않으려고 합니다."

"헐?"

"그들을 안 받으려고 기업이 백서까지 가지고 있는 데에는 다 이유가 있습니다. 정부에서도 공식적으로는 지금은 부라쿠민을 따로 관리하지 않는다고 이야기하지만 그걸 믿는 사람은 없습니다. 아직도 그 지역 출신은 공무원 쪽에서 철저하게 배제되니까요. 공무원뿐만 아니라 정치 쪽으로는 눈도 못 돌립니다."

카구야의 말에 노형진은 왜 남상진이 고향에 대해 알아보라고 했는지 알 것 같았다.

"알겠습니다. 가 봐도 좋습니다."

"저기……."

"아, 퇴직은 없던 일로 하겠네."

"감사합니다!"

그는 고개를 넙죽 숙이고 재빠르게 그곳을 빠져나갔다. 아마 오늘 일에 질겁했을 것이다.

"부라쿠민이라……."

"재미있는 사실이군요."

"그래, 나도 전혀 몰랐던 사실이야."

"이런 걸 외부에 드러낼 나라는 없으니까요."

카구야는 질문자가 회장인데도 불구하고 그 부분에 대해 말하지 않았다. 그런데 일본이 이런 사실을 일반인에게 알릴까? 그럴 리 없다.

"대충 이해가 가는군요."

"이해라니?"

"그의 말대로라면 부라쿠민이 할 수 있는 일은 한정되어 있다는 뜻입니다."

인도의 불가촉천민도 정해진 일 이상은 하지 못한다.

"마찬가지로 그들도 정해진 일만 해야 할 겁니다. 하지만 요시 히무로는 부라쿠민이지요."

"왜 아무도 몰랐지?"

"개인적으로 일해서 그 신분이 드러날 이유가 없었던 거죠."

브로커로서 일할 때 고향은 중요한 게 아니다. 중요한 것은 능력뿐이다.

"그게 이번 사건에서 무슨 의미가 있단 말인가?"

"상관이 있지요. 요시 히무로는 이제 혼자 일하는 사람이 아니니까요."

노형진은 미소를 지으면서 웃었다.

⚖️

며칠 후에 노형진은 유민택을 만나서 자신이 알아낸 것을 보고했다.

"이지메?"

노형진은 자신의 계획을 유민택에게 설명하기 시작했다.

"부라쿠민이 그렇게 공식 석상에서 취급받는 녀석이라면 그 결과는 뻔하지요. 사실 지난번에 그 사실을 알고 일본 쪽에 있는 라인을 통해 좀 알아봤습니다."

"그런데?"

"부라쿠민이라는 이름은 우리 상상 이상이더군요."

"어느 정도이기에?"

"불가촉천민보다 좀 더 나은 수준입니다."

"헐."

"문제는 그 대우가 나은 게 아니라 공식적으로 차별은 없다는 정도이지요. 뭐, 불가촉천민도 법적으로는 인정되지 않는 신분이기는 하니 비슷하다고 볼 수도 있네요."

조사에 따르면 부라쿠민은 사람 취급도 안 하는 존재들도 다수 있다. 그만큼 그들은 철저하게 고립된다.

"실제로 일본에서는 부라쿠민이 상위 직급으로 올라간 경우가 있기는 있다고 합니다."

"그런데?"

"대부분은 출신을 감추거나 유학 등을 통해 신분을 바꿔서 온 경우입니다."

그리고 그들의 공통점은 부라쿠민인 것이 드러난 이후 말 그대로 인생이 나락으로 떨어졌다는 뜻이다.

"쉽게 말해서 부라쿠민은 일본에서 공인된 왕따라는 뜻입니다."

"공인된 왕따?"

"네, 이지메의 대상인 거죠."

일본의 이지메는 아주 유명하다. 한국의 왕따라는 것도 이지메를 따라 한 것이다.

일본의 이지메는 집요하고 극단적이다. 그나마 한국은 왕따라는 것 자체가 나쁘다고 생각하고 그걸 고치려는 의지라도 있지, 일본은 이지메 자체가 하나의 문화라고 생각한다. 그것도 선생님이 말이다.

"더군다나 내부적으로 외부에서 갑자기 유입된 인사라 불만이 많다고들 하더군요."

"하긴…… 그게 좋기만 한 것은 아니지."

기업의 입장에서는 가끔 외부의 피를 필요로 하는 경우가 있다. 하지만 그 경우 필연적으로 부딪치는 것이 다름 아닌 기존 세력의 불만이다. 그 자리를 자신들이 승진해서 채웠어야 한다고 생각하는 것이다.

"그래서 그들에게 불만이 있는 건 확인된 겁니다. 그런데 그 대상이 부라쿠민이라면 그들의 기분이 어떨까요?"

"어이가 없겠군."

가령 어떤 집단이 매일같이 무시하고 깔보던 사람이 운이 좋아서 갑자기 자기들의 상급자로 왔을 때 그 집단이 제대로 굴러갈까?

절대로 그렇게 되지 않는다. 결과에 승복하고 충성을 맹세하는 것은 소설이나 영화에 나오는 이야기지, 인간 세상에서는 절대 일어날 수가 없다.

"이지메가 시작되겠군."

"네."

유민택은 그 말이 씩 웃었다. 자신이 기업을 운영하면서 왕따라는 것이 얼마나 큰 피해를 주는지 알고 있었기 때문이다. 그리고 그 왕따의 피해자가 높은 직급이면 프로젝트 자체가 붕괴되는 경우도 많다.

"우리는 그 전에 먼저 해야 할 게 있습니다."

"어떤?"

"우리 사람을 거기에 심어야지요."

"심다니? 마약김밥에 말인가?"

"네."

"무리일세. 성화에서 사람을 파견하는 형태야, 새로 뽑는 게 아니라. 그러니 우리가 심으려고 해도 거기에 배치된다는 보장은 없네."

노형진이 피식 웃었다.

"우리가 심을 필요는 없지요. 그곳에서 적당한 사람을 고르면 되는 겁니다."

"뭐?"

"성화가 몰락하는 것은 다 아는 사실입니다. 그 와중에 이직을 조건으로 내건다면 적당한 사람이 있지 않을까요?"

"이직이라……."

"네."

"내부에서 스파이를 만드는 것은 흔한 일 아닙니까?"

"그렇지."

기업 간 스파이 활동을 하다 보면 진짜 골수 스파이를 심는 경우는 드물다. 기존에 있던 사람을 포섭하는 경우가 대부분이다. 단순히 중요한 자료를 빼 오라는 게 아니라 내부의 분위기를 알려 주는 것도 그들의 중요한 업무 중 하나다.

"그리고 마약김밥에는 아직 그런 사람이 없으니까요."

"그건 불법 아닌가?"

소위 말하는 산업스파이라는 존재.

노형진이 피식 웃었다.

"산업스파이는 산업과 관련된 주요 정보를 빼 오는 자들이고요. 우리가 원하는 건 정보를 주는 거지, 정보를 빼 오는 게 아니지 않습니까?"

"그건 그렇지."

"그러니 불법은 아닙니다."

"뭐, 불법이 아니라면."

유민택은 순순히 고개를 끄덕거렸다. 사실 불법이라고 할지라도 할 생각이었지만 말이다.

"그것도 나쁘지 않겠군."

"아마 이 부라쿠민이라는 카드가 충분한 결과를 만들어 내지는 못하겠지만 우리가 원하는 타이밍은 만들어 내 줄지도 모르겠습니다. 이제 그곳을 한번 뒤흔들어 볼 타이밍이 된 것 같군요."

노형진의 머릿속에서는 수많은 가능성이 움직이고 있었다.

⚖️

조종수는 성화에서 마약김밥으로 배치된 과장급 인사였다.

원래 성화식품에서 일하던 그는 성화식품이 급속도로 몰락할 때 소위 말하는 면벽 수행을 당했다.

면벽 수행이 뭐냐면 해직은 할 수 없는데 자르기는 해야 하니 책상 하나를 벽과 마주 보게 해 놓고는 아무것도 안 시키고 놔두는 것이다.

그러나 그는 그만둘 수는 없었다.

'기회일지도 몰라.'

암에 걸린 아내, 대학생이 된 딸. 고등학생과 중학생이 된 두 아들. 돈 들어갈 곳은 많은데 자신이 잘리면 모두 다 죽는 수밖에 없다.

그래서 그렇게 온갖 모욕을 다 당하면서 버티던 중에 운 좋게 마약김밥 프로젝트가 시작되면서 기사회생할 수 있었다. 워낙 많은 사람이 잘려서 유경험자가 부족했기 때문이다. 그러나……

'충성 같은 소리 하고 자빠졌네.'

그는 일장 연설을 하는 김두만을 보면서 이를 빠드득 갈았다.

자신이 얼마나 고생을 했던가. 사람 취급도 못 받으면서 살았다.

심지어 새파란 후배들조차 자신을 무시했다, 나갈 놈이 버틴다고. 그런데 이제 와서 충성을 이야기하고 있다니.

"오늘 조회는 여기까지 하겠습니다."

아직 마약김밥의 규모는 크지 않다.

성화의 규모로 치자면 말 그대로 작은 공장 수준도 되지 않는다.

사실상 좌천이기 때문에 자신이 온 것이다. 김두만이 후계 구도에서 벗어난 거야 다 아는 사실이니까.

그런 그에게 얼마 전 다가온 악마의 속삭임.

-우리와 함께한다면 당신을 스카우트하겠습니다. 임금은 현재의 1.3배를 주고 학자금도 지원하지요. 그리고 병원비 역시 지원하겠습니다.

늦은 밤, 자신의 전화로 온 스카우트의 말에 선택 사항이 없었던 그는 대룡과 함께하기로 했다.

그런데 그런 그들의 부탁은 자신의 예상과 좀 달랐다. 처음에는 기밀을 빼 달라는 줄 알았는데, 도리어 말을 퍼트려 달라는 것이었다.

'뭐, 그런 거라면…….'

기밀이라면 접근도 힘들고, 나이 먹은 자신이 그런 걸 영민하게 하기도 힘들다. 하지만 줄타기를 하면서 버텨 온 그에게 소문을 내는 것쯤은 어렵지 않은 일이었다.

그는 슬쩍 눈치를 살피다가 대동에서 온 일본인 직원에게 다가갔다. 자신과 안면이 있는 사람이었다.

"여, 나부로 상."

"오, 종수 상, 어쩐 일이무니까?"

"뭐, 매일같이 똑같지요."

조종수가 이 나이 먹고 자신 있는 것을 하나 고르라면 다름 아닌 일본어였다.

일본어학과를 나와서 일본에 유학도 다녀온 그는 일본어로 대화하는 게 어렵지는 않았다. 이제나마 마약김밥에 배치된 가장 큰 이유도 그거였다.

조종수는 나부로와 이런저런 잡담을 하다가 슬쩍 말을 흘렸다.

"그나저나 이번에 오신 부사장님은 고향이 어디십니까?"

"글쎄요? 그건 잘 모르겠군요. 한국과 다르게 일본은 그런 걸 별로 묻지 않는 분위기라서요."

"아, 그런가요? 아깝네요. 고향에 선물이라도 보내 드릴까 했는데……."

"선물?"

"원래 줄을 선다는 게 그런 거 아니겠습니까?"

손끝을 살살 비비는 조종수. 그걸 본 나부로는 쓴웃음을 지었다.

"그렇지요. 우리 같은 중간 계급은 어쩔 수 없지요."

"네."

어깨를 으쓱하는 조종수. 그리고 슬쩍 말을 흘렸다.

"뭐, 들기로는 어디냐? 노메가 현? 거기라고 들었는데 말이죠."

"네? 어디요?"

"제가 일본통이지 않습니까? 일본 대동에 아는 분이 계신데 노메가 현 출신이라고 하더군요."

"노메가 현요?"

그 말을 들은 나부로는 불편한 얼굴이 되었다. 조종수는 모른 척하면서 그에게 다시 물었다.

"네. 혹시 그곳에 대해 아는 거 있습니까? 아무래도 선물로 그곳 특산품을 드리면 좋아할 것 같은데요?"

"노메가 현이라……. 거기는 계집들이 유명하죠."

"계집?"

비웃음이 떠오르는 나부로. 그럴 수밖에 없는 게 노메가 현은 부라쿠민이 사는 곳이기 때문이다.

특히나 노메가 현은 원래 사창가로 유명한 곳이다. 즉, 옛날부터 사창가였으며 그래서 부라쿠민으로 취급받는 곳이다. 가문과 집안을 중시하는 일본인들에게 조상이 누군지도 모르는 사창가의 자식들은 버러지만도 못한 인간들이었다.

지금도 이유만 다를 뿐 현실은 별반 다르지 않다.

부라쿠민 출신이라는 이유로 제대로 된 직장에 취업하지 못해서 그쪽 출신의 여자들의 상당수가 화류계로 넘어가는 것이 현실이니까.

"아, 아닙니다. 그냥 그런 게 있습니다."

불편한 얼굴이 된 나부로는 갑자기 자리를 옮겼다.

"전 이만 일이 있어서……."

"네, 그렇게 하지요. 나중에 뵙겠습니다."

총총걸음으로 멀어지는 그 모습을 보면서 조종수는 왠지

모를 미안함에 입맛을 쩝쩝 다셨다.

⚖️

"이게 사실이야?"

"요시 부사장이 부라쿠민이라고?"

"이런 쌰앙. 노메가 현이면 창녀 자식이라는 거 아냐?"

한국에 대동이 진출하기 위해 들어왔을 때 그 주요 멤버는 필연적으로 일본인이 될 수밖에 없었다. 그러니 그들에게 요시 히무로는 기분 좋은 상대는 아니었다.

그럴 수밖에 없는 것이 갑자기 외부에서 들어와서 부사장 자리를 빼앗아 버린 자이기 때문이다. 소위 말하는 굴러온 돌이 박힌 돌 빼낸다고 하는 게 그들의 관점이었다.

그런 그들에게 들려온 충격적인 소식. 그건 자신의 부사장이 부라쿠민이라는 것이다.

"부라쿠민이라고?"

그런 상황에서 그들이 들은 소식은 그들의 분노를 자아내기에 충분했다.

"어쩐지 거들먹거리면서 우리 얘기는 들은 척도 안 한다 했더니."

"빌어먹을 새끼 같으니라고."

"천한 부라쿠민 주제에 잘난 척하고 다녔다 이거지?"

그들의 분노는 점점 커지고 있었다.

사실 그들이 화내는 것은 틀린 말은 아니다.

요시 히무로는 부라쿠민이라는 이유로 심각하게 차별받아 왔고, 그래서 자신보다 못난 자들을 철저하게 무시하는 것으로 복수해 왔다.

아니, 자신보다 못나다고 생각하면 계속 그래 왔다.

그리고 그게 지금까지 쌓여 왔던 것이다.

"이 천한 놈을 놔둘 수는 없습니다."

"맞아요."

"어떻게 부라쿠민이 여기까지 왔는지 모르지만……."

분노하는 그들로 인해 마약김밥의 본사에는 엉뚱한 일이 벌어지기 시작했다.

"일을 이따위로밖에 못합니까?"

요시 히무로는 기본적인 일을 하지 못한 직원에게 마구 다그쳤다.

"그 일은 시키신 적이 없지 않습니까?"

"뭐라고요?"

"아니, 시키신 적이 없는 일을 안 했냐고 따지시면 전 어떻게 하라고요?"

아주 대놓고 자신에게 반기를 드는 사람들. 그 행동에 유시 히무로는 어이가 없었다.

물론 이 일을 시킨 적은 없다. 하지만 자신이 시킨 일을 하기 위해서는 기본적으로 선행되어야 하는 일이다. 그런데 그걸 안 하는 바람에 결과가 개판이 된 것이다.

'그런데 나보고 안 시켰다고?'

기본이니까 안 시킨 것뿐이다.

"지금 그걸 말이라고 하는 겁니까?"

"제가 틀린 말을 한 건 아니죠."

"당신 말이야!"

발끈하는 요시 히무로. 그는 그 사람에게 화내려다가 순간 움찔했다.

"제대로 안 시킨 당신 잘못이죠."

순간적으로 드러난 부하 직원의 진심. 그의 눈에서 스치고 지나간 경멸의 눈빛.

"당신, 뭐 하는 짓이야?"

순간 요시 히무로는 심장이 덜컥 내려앉는 기분이었다.

수십 년을 겪었던 그 눈빛.

신분 때문에 겪을 수밖에 없었던 그 고통.

그 트라우마가 자신을 건드리는 상황이었던 것이다.

"제가 뭘요?"

"그만하시죠, 부사장님. 왜 사람을 괴롭히고 그럽니까?"

"사람을 괴롭힌다고?"

울컥하는 요시 히무로. 자신이 그 대상이었다. 그런데 자신보고 사람을 괴롭힌다니.

"애초에 제대로 일을 시키지 않은 부사장님의 잘못입니다."

자신을 적대하는 분위기.

"큭……."

아무리 자신이 부사장이라고 하지만 이 상황에서 뭐라고 할 수가 없었다. 자신을 이지메 시키고 있다는 것을 모를 만큼 그가 바보는 아니었기 때문이다.

사실 알 수밖에 없었다. 수십 년간 겪은, 익숙한 상황이니까.

'빌어먹을. 어째서…….'

그는 왜 이런 일이 벌어졌는지 알지 못했다.

그런 그가 그 사실을 알게 된 건 며칠 뒤 화장실에서였다. 그가 화장실에 있는데 바깥에서 일본어로 대화하는 것이 들린 것이다.

"망할 부라쿠민 새끼. 끝까지 버티는 거 봐라."

"여기서 나가 봐야 아무것도 아니니까 버티는 거지."

"아, 씨발. 그런 천민을 왜 우리가 모시고 있어야 해? 위에서는 뭐라고 안 해?"

"안 그래도 몇몇 사람이 이야기했는데 위에서는 모른다는 식으로 이야기하던데. 뉴욕 출신이라고 알고 있었대."

"망할 새끼. 또 세탁하고 온 거야?"

"부라쿠민 새끼들이 다 그렇지, 뭐."

"아, 싫다, 진짜."

짧은 대화였지만 요시 히무로는 자신이 왜 갑자기 왕따의 대상이 된 건지 이해하기에 충분했다.

'부라쿠민……'

자신의 신분이 드러난 것이다. 그게 무슨 의미인지는 피해자인 그가 가장 잘 알고 있었다.

'빌어먹을……'

요시 히무로는 이를 빠드득 가는 수밖에 없었다.

그리고 그걸 가장 먼저 눈치챈 것은 다름 아닌 김두만이었다. 아니, 알아챘다기보다는 누군가가 알려 줬다는 게 맞는 말일 것이다.

"이상한 일입니다. 일본인들이 요시 히무로를 왕따시키고 있습니다."

조종수는 마치 모르는 척 그에게 보고를 올렸다.

사실 본사에서는 김두만을 볼 직급도 안 되지만, 현실적으로 김두만은 후계 경쟁에서 밀린 사람인 데다 아무리 성화가 몰락 중이라곤 해도 마약김밥에 발령받았다는 건 사실상 좌천을 뜻하기 때문에 너도나도 오지 않으려고 해서 고작 과장급인 그가 김두만에게 보고할 기회가 있었던 것이다.

회의라고 해 봐야 부장급 두 명 빼고는 죄다 자신처럼 쫓겨 온 과장급이니까.

"그게 무슨 소리인가?"

요시 히무로 때문에 이만 박박 갈던 김두만은 생각지도 못한 말에 자연스럽게 귀를 기울였다.

"대동에서 온 일본인들이 부사장인 요시 히무로를 왕따시키고 있습니다. 이유는 알 수 없지만 그를 중심으로 진행되던 업무가 모두 멈춘 것이 확인되었습니다."

"호오?"

김두만은 흥미가 동한다는 얼굴이 되었다. 그럴 수밖에 없는 게 자신이 대표를 맡고 있다곤 하지만 이건 어디까지나 소위 말하는 얼굴마담 역일 뿐이다. 그러니 자신을 개무시하던 부사장이 힘을 잃었다는 것은 무척이나 반가운 소식이었다.

"이유는?"

"잘 모르겠습니다."

조종수는 천연덕스럽게 모른 척했다.

그의 입장에서 김두만은 절대 용서할 수 없는 인간이다. 잘 다니던 직장을 날려 버려서 자신이 그 모진 꼴을 당하게 한 것도 모자라 금수저라고 당당하게 컴백하다니.

'내 직장 생활 15년 동안 남은 거라고는 천연덕스러운 가면뿐이다.'

비록 만년 과장이라는 소리를 들으면서 승진도 못 하고 온갖 눈치만 봐 가면서 지킨 자리지만, 그 덕분에 천연덕스럽게 거짓말할 자신이 있었다. 누구에게도 속마음을 들켜서는 안 되는 자리니까.

"다만 부사장의 업무가 사실상 모두 정지된 것만은 확실합니다."

"그 말은 결국 요시 히무로 그 자식이 제대로 일하지 못하고 있다는 뜻이겠지?"

"그렇습니다."

"좋아, 좋아."

김두만은 두 손을 비비면서 기뻐했다. 자신을 버리듯이 보는 그 눈빛이 여전히 잊히지 않았던 것이다.

어떻게 보면 요시 히무로와 김두만은 서로 상극이다.

오로지 실력 하나로 올라와서 실력 빼고는 아무것도 안 보는, 그래서 세상을 무시하는 남자와 실력과 상관없이 혈통으로 세상을 쥔 남자.

그렇기에 그들은 서로 어울릴 수 없는 존재였다.

"현재 저희 쪽에서 주요 업무를 넘겨받아서 진행 중입니다. 일단 메뉴 선정에 있어서는 일본 쪽 메뉴는 대동에서 선정하여 통지하도록 되어 있지만 한식 쪽은 한국에서 선정할 예정이어서 주요 업체와 면접 중입니다. 그 후 신청자 중에서 체인점을 하게 될 사람들을 선정하는 과정이 남아 있습니다. 현재 1차분 쉰 명은 다 찼고 2차 오픈 준비를 하고 있습니다만……."

조종수의 보고를 듣고 있던 김두만은 불만으로 가득한 얼굴이 되었다.

"너무 느려."

"네?"

"너무 느리다고. 더 빠르게 해야지."

"하지만 그렇게 되면……."

"지금부터 내가 시키는 대로 해."

"네? 하지만……."

"뭐, 그러면? 식물 부사장이 된 녀석에게 가서 결재라도 받을 생각인가?"

김두만이 웃으면서 말하자 그가 무슨 생각을 하고 있는지 알아챈 자들은 모두 입을 다물 수밖에 없었다.

⚖️

쾅!

문이 부서지듯이 열리더니 얼굴이 시뻘겋게 변한 요시 히무로가 나타났다.

그는 다짜고짜 사장실로 들어오더니 느긋하게 앉아 있는 김두만의 멱살을 잡아 올렸다.

"너 이 새끼, 무슨 짓을 하는 거야!"

"무슨 짓이라니?"

"내가 바보인 줄 알아! 왜 나에게 말도 하지 않고 사고를 치는 거야!"

"사고? 무슨 사고? 아, 그 일? 사고를 치는 게 아니라 일을 하는 거다. 네놈하고 다르게 말이야."

"뭐라고?"

김두만의 말에 히무로는 기가 막히다는 얼굴이 되었다. 하지만 그다음 순간 얼굴이 딱딱하게 굳었다.

"부사장이나 되는 녀석이 부하들에게 이지메나 당하고 말이야. 살아온 삶이 아깝지 않아?"

"너 이 새끼……."

요시 히무로는 분노가 치밀어 올랐다.

사실 그가 부라쿠민이라는 사실을 알린 것은 노형진이지만 김두만이 그 말을 함으로써 김두만이 저지른 일로 생각되기 때문이다.

'그래, 그럴 만한 놈이지.'

브로커 일을 한 그는 성화와 그 가족들의 성향을 잘 안다. 그리고 그들의 성향대로라면 잃어버린 실권을 찾기 위해 자신의 약점을 캐는 것은 당연한 일이다.

'내가 부라쿠민이라는 소리를 한 게 너구나.'

분노에 몸을 떠는 요시 히무로.

하지만 그게 할 말이 없어진 거라고 생각한 김두만은 그런 히무로를 철저하게 비웃었다.

"제대로 된 능력도 가지지 못한 놈이 그렇게 나대니까 망하는 거다. 세상에는 혈통이라는 게 있다고. 너처럼 무능한 놈과 다르게 말이야."

안 그래도 심각한 오해를 하는 상황에서 아예 못을 박아 버리는 김두만.

요시 히무로는 엄청 분노했다. 하지만 그렇다고 해서 자신의 일을 잊어버릴 만큼 그는 바보가 아니었다.

"그렇다고 해서 네놈이 독단적으로 일을 저질러?"

"어차피 네놈의 세력은 잃어버렸어. 안 그런가? 제대로 부서가 안 돌아가는데 우리가 어쩌겠는가? 우리 일이라도 해야지!"

"이 멍청한 자식! 이게 대룡이 노리는 일이라는 걸 모르나!"

지금까지 요시 히무로는 성화와 대룡의 싸움을 유심히 살폈다. 그리고 그들이 지는 이유를 알 수 있었다.

대룡은 성화가 과한 욕심을 부리는 곳을 파고든다.

성화는 가능하면 빨리 수익을 내기 위해 온갖 편법을 다 부리는데, 그게 나중에 패착이 되는 것이다.

그래서 이번에는 합법적이면서도 체계적으로 나갈 생각이었다.

"그래서 언제 이 시장을 집어삼키나? 1년? 2년? 10년?"

"세상이 그렇게 만만한 줄 알아!"

작은 거래 하나도 최소한 2년에서 3년은 공을 들여야 하는 게 브로커의 세계이다. 그래야 제대로 된 결과가 나온다.

하지만 김두만은 마음이 급했다. 본사인 성화는 빠른 속력으로 몰락하고 있다. 그리고 대룡의 공격은 멈추지 않고 있다.

'그러면 후계자는커녕 아무것도 안 남는다고.'

물론 성화의 방식은 기존의 대한민국에서는 아주 잘 먹히는 유형이다.

　　정부의 절대적인 지원을 받으면서 그 세력을 확장하는 방식.

　　기존의 대기업들이 썼던 것이자 또 한국에서는 언제나 성공적으로 먹히는 것이었다.

　　"이 멍청한 새끼야!"

　　히무로는 분노할 수밖에 없었다. 그럴 수밖에 없는 게 그건 먹히는 방식이었기 때문이다.

　　'방식이다.'가 아니라 '방식이었다.'. 즉, 이제는 먹히지 않는 방식이라는 것이다.

　　특히 약점을 잡으려고 하는 대룡 같은 괴물이 있을 때는 극도로 위험한 유형이었다.

　　"그랬다가 또 과거 꼴 나려고 하는 거야!"

　　"그래서 몇 년이고 버티라고? 솔직히 너희 대동의 속셈을 모를 줄 알아? 그냥 시간 끌면서 우릴 집어삼키려고 하는 거? 응?"

　　"큭."

　　맞는 말이다. 대동이 일단 도와주고 있기는 하지만 궁극적으로 성화는 대동이 집어삼키고자 하는 곳이다.

　　어차피 한국으로 진출하기 위해서는 기업들을 정리해야 하는데 그중 하나가 바로 성화일 뿐이다.

　　"그래서 몇 년 후 너희들이 분식 시장을 모조리 집어삼킬 때쯤이면 우리가 남아 있을까?"

아마 그때 살아남는다고 해도 중견이라는 이름도 빼앗길 가능성이 높다. 그리고 대룡은 그런 성화를 그냥 남겨 둘 리 없다.

'어떻게 해서든 상황을 확실하게 바꿔야 해.'

아직까지 대한민국 국민들은 성화를 대기업으로 인식하고 있기에 성화가 분식집을 한다고 하자 퇴직금을 들고 운영하겠다고 찾아오는 중이다.

그 돈이면 한창 힘든 성화의 숨통을 트일 수 있으며, 또 그게 성공하면 김두만은 후계자 경쟁에 복귀할 수도 있다.

"이런 미친."

요시 히무로는 김두만의 말에 얼굴이 사색이 되었다.

"너 지금 무슨 짓을 한 건지 아는 거야?"

"잘 알지. 아주 잘 알아."

그가 벌인 일은 간단하다. 계약한 것이다. 그런데 그 계약의 규모가 문제다. 무려 오백 곳.

"미친 거 아냐!"

일반적으로 체인점을 개업할 때는 정해진 양만큼 오픈한다. 그래야 나중에 문제가 생기지 않기 때문이다.

체인점은 그냥 오픈만 해서 해결되는 것이 아니다. 재료의 공급 문제도 해결해야 하고 너무 가까운 거리에 오픈하면 동일 상권을 두 곳이 나눠 먹는 문제도 생긴다.

"설마 성화와 대동이 뭉쳤는데 그 정도 체인점도 감당 못할 거라 생각하나?"

피식하고 비웃는 김두만.

맞는 말이다. 아무리 성화가 몰락했다고 하지만 그 정도는 감당할 수 있다. 하물며 다른 곳도 아니고 대동이 도와준다.

"그런 문제가 아니잖아!"

하지만 요시 히무로는 불안할 수밖에 없었다. 단순히 숫자가 많은 걸로 시장을 다 집어삼킬 수 있다면 그렇게 복잡하게 머리를 쓸 이유가 없다.

애초에 자신들이 성화라는 방패를 이용해서 진출하는 이유가 뭔가? 친일 기업인 자신들이 쓸 가면이 필요한 것도 있지만 한편으로는 위험부담을 최소화하기 위해서다.

"무려 오백 곳이라고!"

"알아. 그리고 그 정도면 우리 성화는 다시 살아날 수 있지."

"이런 미친."

한 곳당 계약금과 가입비가 5천만 원. 그들이 모두 가입한다고 하면 무려 250억이다. 대룡의 공격에 흔들리고 있는 성황에는 기사회생을 할 수 있는 기회다.

"어차피 분식 시장을 일통하려고 한 거 아닌가? 우리나라에 있는 분식집이 고작 오백 곳밖에 안 된다고 생각해? 최소한 2만 개는 될걸."

"그걸 한꺼번에 집어삼키겠다는 거냐?"

"못할 건 없지."

"이런 미친."

요시 히무로는 등골이 오싹해졌다.

'이 새끼, 생각보다 위험하다.'

똑똑해서 위험하다는 게 아니다. 재벌의 자식으로 태어나서 재벌로 살아왔기 때문에 기본적인 기업의 성장이라는 것에 대해 전혀 아는 바가 없어서 위험하다는 뜻이다.

'실수다.'

자신의 통제력이 약해진 틈을 타서 이런 사고를 칠 줄은 몰랐던 히무로는 등골이 오싹했다. 문제는 이미 계약은 되었고 일은 진행되고 있다는 것이었다.

'막아야 한다.'

물론 이론적으로는 된다. 하지만 이론과 실전은 전혀 다르다. 대표적인 게 음식이다.

프랜차이즈 식당은 기본적으로 같은 맛을 추구해야 한다. 그런데 자신들이 계약한 곳 중에서 오백 곳에 동시에 음식을 공급할 만한 곳이 없다.

이는 즉, 다른 곳에서 음식을 공급해야 한다는 뜻이자 식당마다 맛이 달라지는 사태가 벌어질 수도 있다는 뜻이기도 하다.

'미친놈.'

물론 공장을 늘릴 수도 있겠지만 문제는 돈에 눈먼 김두만이 계속 확장할 기세라는 것이다.

'막아야 한다.'

사실 그래도 오백 곳이나 되는 식당과 계약한 것은 어찌어찌 해결할 수 있을지도 모르는 문제다. 하지만 이런 사고를 치는 녀석이라면 더 큰 사고도 칠 수 있다.

"당신! 이 일에 대해 책임을 물을 겁니다!"

요시 히무로는 격하게 화를 냈다. 화를 잘 내지 않는 일본 인의 성격을 생각하면 엄청난 분노의 표출이었다.

하지만 김두만은 피식하고 비웃을 뿐이었다.

"네가 어쩔 건데?"

'으윽.'

자신은 현재 왕따를 당하고 있다. 그걸 수습하지 못해서 제대로 업무 진행이 안 되고 있는 상황.

"물을 수 있으면 물어봐."

히죽거리는 김두만을 본 요시 히무로는 이를 박박 갈면서 그곳을 뛰쳐나왔다. 그리고 바로 대동으로 전화를 걸었다.

"저, 요시입니다. 여기 문제가 생겼습니다."

─나도 들었네.

"당장 해결하지 않으면 일이 커질지도 모르겠습니다."

─그런데 왜 자네는 자네 신분을 감춘 건가?

"네?"

말하던 그는 정신이 멍해졌다.

─나는 딱히 차별하는 사람은 아니지만 주변에서 자네에 게 불만을 가진 사람이 많아.

"그게 무슨 말씀이십니까? 중요한 건 그게 아니잖습니까?"

—그러니까. 하지만 나이 먹은 이사회에서 나한테 뭐라고 하더군.

'이런 미친…….'

결국 자신의 신분에 대한 얘기가 그쪽까지 들어간 것이다.

'큰일 났다.'

요시 히무로는 정신이 아득해지는 느낌이었다.

한국은 왕따를 시키더라도 업무에 지장을 줄 정도로 하는 경우는 드물다. 하지만 일본은 왕따가 심각해서 업무에 지장을 주는 경우도 흔하다.

하물며 자신은 단순 왕따가 아니라 부라쿠민이라는 신분을 가지고 있다. 공인된 왕따, 불가촉천민 같은 존재. 그리고 버러지 같은 존재.

'씨발…….'

그나마 젊은 사람들도 그런 생각에서 벗어나지 못했는데 나이 먹은 꼰대들은 얼마나 자신을 싫어할지 알고 있는 요시 히무로는 얼굴이 사색이 되었다.

'이번 프로젝트…… 망했다.'

물론 시간이 있다면 그 모든 걸 타파하고 자신이 프로젝트를 성공으로 이끌 수 있다고 생각하고 있다. 그러나 그건 어디까지나 대룡이 반격을 안 할 때의 이야기다.

'빌어먹을…….'

요시는 원인 모를 패배감에 부르르 떨 수밖에 없었다.

개미 군단

"기회는 역시 만드는 거라니까."

노형진은 조종수가 보낸 보고서를 보면서 흡족하게 웃었다. 자신이 부라쿠민이라는 약점으로 요시 히무로를 잠깐 뒤흔들어서 통제력을 상실시키자 그사이를 못 참고 김두만이 대형 사고를 친 것이다.

"이렇게 될 줄 알았어?"

"그렇지. 그래서 내부에 스파이까지 심은 거고. 김두만은 현재로써는 코너에 몰린 상황이거든."

성화는 몰락하고 있고 김두만은 후계 구도에서 밀려났다. 어떻게 해서든 그 모든 상황을 뒤집어야 하는데 문제는 김두만을 통제하는 요시 히무로라는 존재였다.

"그 녀석이 브레이크 역할을 하니 김두만의 입장에서는 배알이 꼴릴 수밖에."

전이라면 있을 수 없는 일이지만 지금은 김두만이 마음대로 움직일 수 있는 상황이 아니었다.

"그래서 기회를 준다면 뭐든 할 거라 생각했지."

"그게 부라쿠민이라는 함정이고?"

"그래, 솔직히 부라쿠민이라는 소속이 이 상황을 오래 지속하긴 어려워."

일단 기분 나빠하는 거야 당연한 일이지만 반대로 그가 상급자라는 것도 부정할 수 없는 사실이다.

"더군다나 요시 히무로는 그걸 이겨 내고 일어선 놈이야. 그러니 그게 그 녀석에게 직접적으로 타격을 주기는 힘들지."

하지만 타격을 주는 것과 그가 다른 곳에 신경을 쓰지 못하게 하는 것은 전혀 다른 일이다. 히무로는 그 일을 해결하기 위해 마약김밥의 일을 신경 쓰지 못한 것이다.

사실 부라쿠민이라고 무시하는 것은 현행법상 불법이고 또 그가 상관이라는 점에서 그가 작심하고 사건을 수습하고자 한다면 오래갈 문제는 아니었다.

"하지만 다급한 김두만이 사고를 치기에는 충분한 시간이지."

완전히 통제에서 벗어난 김두만이 사고를 거하게 쳐 버렸다. 무려 오백 곳에 달하는 체인점 계약을 해 버린 것이다. 체인점 계약을 한 당사자들은 아마 모르고 있겠지만 아마 사실을 알고 나면 기가 막혀서 말이 안 나올 것이다.

'더 웃긴 건 더 많은 계약을 하려고 한다는 것이지.'

어떻게 보면 서로의 목적이 딱 맞아떨어진다고 볼 수도 있다. 성화는 다급하게 돈이 필요한 반면, 대동은 한국의 분식 시장을 모조리 집어삼키는 것이 목적이다. 그러니 이렇게 급박하게 숫자가 늘어나면 모두에게 좋은 결과가 나올 수도 있다.

"그런데 이러면 우리가 도리어 불리해지는 거 아냐?"

갑자기 오백 곳이나 되는 분식집이 일거에 포문을 여는 셈이다. 물론 아직 일본에서 정식으로 수입되지 않고 있으니 일단은 큰 위협이 되지는 않겠지만 정식으로 일본에서 음식이 수입되기 시작하면 한국의 분식 시장은 위협이 될 수밖에 없다.

"그건 어디까지나 그곳이 제대로 굴러갈 때의 이야기지."

"제대로 굴러갈 때의 이야기라고?"

"그래."

"그게 무슨 소리야?"

"나도 이번에 배운 게 있어."

"네가 뭘?"

"어용비대위라니, 상상이나 했겠어? 난 그건 진짜 상상도 못 했다. 히무로라는 놈이 진짜 왕따만 아니었다면 제대로 성공할 수 있는 녀석이었는데 말이야."

"엥?"

손채림은 어이가 없었다. 막을 방법을 이야기하라고 했더니 갑자기 어용비대위 이야기를 했기 때문이다.

"그게 중요해?"

"그게 중요하지."

"아니, 왜?"

"그게 바로 해결책이니까."

"뭐?"

"이제부터 시작할 거야. 그러니까 너도 좀 도와줘야 해."

그리고 노형진이 작전을 설명하기 시작했는데, 손채림은 그대로 박장대소를 했다.

"호호호…… 확실히 먹힐 만하네. 이건 진짜 생각도 못 했다."

"사람이 말이야, 배우면 써먹어야지."

"그렇기는 한데…… 호호호."

히무로는 설마 자신을 공격하는 데 자신의 방식이 이용될 거라고는 생각도 못 하고 있을 터였다.

"그러면 나도 어용이라는 걸 한번 해 보자고."

"그런데 잘될까?"

"잘될 거야. 인간은 본능적으로 희망보다는 공포에 더 반응하기 마련이거든. 그러니 구체적인 공포를 제시하면 이쪽으로 움직이게 되어 있어."

그리고 그 공포가 마약김밥을 막는 원동력이 될 것이다.

⚖️

"이게 무슨 말도 안 되는 소리야!"

"우리 죽이려고 작정한 거야, 뭐야!"

열을 내는 사람들. 그들은 다름 아닌 레토르트와 냉동식품을 만들어 내는 중소업체의 사장단이었다.

"이걸 놔둘 수는 없습니다!"

"아니, 대룡이 뭐가 아쉬워서 이 바닥으로 기어들어 오는데!"

그들이 이렇게 화내는 것은 다름 아닌 대룡이 얼마 전 냉동 및 레토르트식품 시장에 진출하겠다고 발표하면서부터였다.

사실 그런 대기업이 한두 곳도 아니니 딱히 그걸 막을 수는 없다. 문제는 그 대상이다.

─저희 대룡은 식자재 납품에 관련한 냉동 및 레토르트식품 시장으로의 진출을 준비 중이며…….

기자회견에서 했던 말. 여기서 문제는 식자재 납품이라는 거다. 기존 대기업들은 소매시장으로 진출했지, 이런 전문식자재 납품 시장으로는 진출하지 않았다. 그런데 대룡에서는 그 시장으로 진출하겠다는 것이다.

"분식비대위에서는 뭐랍니까?"

"자기들도 미래를 준비하기 위해서는 대기업으로 갈아탈

수밖에 없다네. 어찌 되었건 돈이 있으니 기술도 더 좋겠지. 소문으로는 기술이전을 받기 위해 일본 기업들과 접촉했다는 이야기도 있고."

"미친. 우리를 말려 죽이려고 작정했나."

그리고 이번 사건에서 제일 큰 문제는 진출 정도가 아니라 분식비상대책위원회라는 성화의 마약김밥의 공세에 저항하기 위해 뭉친 자들이 대룡과 함께라는 것이다.

"틀린 말은 아니야. 마약김밥에 대항하기 위해서는 기존 음식 가지고는 무리겠지."

얼굴이 사색이 된 채로 말하는 차덕수 비대위원장.

"일본에서 정식으로 수입까지 해서 우리 분식을 말려 죽이려는 판국에 기존 음식으로 되겠는가? 자체적으로 개발할 수 있는 뭔가가 있어야지."

"끄응……"

문제는 이들은 대부분 중소 업체라는 것이다. 자체적으로 뭔가를 개발해서 공급하기에는 너무나 재정적으로 열악했다.

"만일 그들이 대량 공급을 시작하면 우리는 말라 죽을 거야."

"설마요."

"자네들, 만두 파동 기억하지? 그때 만두 시장이 얼마나 붕괴됐었나?"

"아……"

만두 파동. 속칭 '쓰레기 만두'라 불리는, 뇌물을 주지 않앉다는 이유로 경찰과 기자가 가짜 이야기를 만들어 낸 사건이다.

그 사건으로 수많은 중소 만두 업체들이 도산하고 지금처럼 만두 시장이 거대 기업들의 손아귀에 떨어졌다.

"솔직히 그들이 우리를 말려 죽이려고 한다면 꼬투리 하나 못 잡겠나? 그들이 언론을 못 다루겠나? 아니면 돈이 없겠나?"

"하지만 내가 얼마나 공들여서 음식을 만드는데……."

"자네가 공들여 만든다고 다 그런 건 아니지 않은가?"

"……."

실제로 그렇다. 아무리 냉동식품이라고 하지만 공들여서 만드는 회사가 있고 돈만 노리고 그냥 대충대충 만들거나 돈독이 올라서 버려야 하는 자재로도 음식을 만드는 곳도 있다.

"대룡이 그런 곳을 하나 찍어서 언론에 뿌리면 우리는 어떻게 되겠나?"

"큭."

회장의 말에 다들 신음을 냈다.

사실 실제로 그런 일이 몇 번 있었기에 그때마다 그들은 심각한 부침을 겪어야 했다.

그럼에도 살아남을 수 있었던 건 대안이 없었기 때문이다.

대기업에서 나오는 냉동식품류는 가격이 비싸서 일반 분식집이나 식당에서는 그 단가를 맞출 수 없었던 것이다.

"하지만…… 대룡이 나서면 이야기가 달라지겠지."

"……."

하물며 분식업주들과 이야기가 다 되어 있다면 자신들은 순식간에 퇴출될 수밖에 없다.

"우리는 차라리 마약김밥 쪽을 뚫어 보는 건 어떨까요?"

"마약김밥? 성화 쪽 말인가?"

"네, 그쪽은 성화 계열사이니 대룡의 음식을 쓰지는 않을 것 같은데요."

차덕수 회장이 피식하고 웃었다.

"그걸 말이라고 하나? 마약김밥은 이제 막 오픈하는 곳일 세. 거기에서 우리 걸 쓴다고 한들 그 체인점이 얼마나 될까? 쉰 개? 백 개?"

이들은 아직 김두만이 오백 곳을 계약했다는 사실을 모른다. 당연히 일반적으로 체인점을 시작하는 숫자를 기준으로 판단할 수밖에 없다.

사실 백 개도 상대방이 대기업이라 생각해서 넉넉히 잡아 준 것이다. 체인점이 그렇게 확 늘어나는 경우는 거의 없으니까.

"더군다나 그들은 일본에서 음식을 수입한다고 하지 않나?"

"그래도 한식은 한국에서 만들어 먹겠지. 우리가 일식을 제대로 맛을 못 내듯이 말입니다. 하지만 고작 백 군데로 우리가 버틸 수 있을까?"

다들 침울한 얼굴이 되었다. 맞는 이야기이기 때문이다.

고작 백 군데라고 하면 여기에 있는 수많은 공장들 중에서 잘해 봐야 두 곳 정도만 살아남을 수 있는 것이다.

"더군다나 그들이 일본에서 음식으로 가져다 판다는 건 상식적으로 한식의 판매량이 절반 가까이 떨어진다는 뜻이야."

"……."

"그 상황에서 마약김밥으로 가자고?"

하루에 백 개 팔던 게 하루에 쉰 개 팔리고, 그나마도 가게 수도 줄어든다.

"이대로는 우리가 다 죽는 수밖에 없어."

"빌어먹을……."

한국에 있는 분식집의 숫자는 2만 개가 넘어간다. 그런데 만일 대룡이 진출하면 못해도 1만 개 이상은 그들의 손아귀에 떨어질 테고, 또 일부는 마약김밥으로 바뀔 것이다. 그러면 남은 곳은 얼마 안 되는데 양측의 공격에 그들이 버틸 가능성은 낮은 편이다.

"빌어먹을……. 성화와 대룡의 싸움이 우리를 등칠 거라고는 생각도 못 했는데……."

"고래 싸움에 새우 등 터진다는 게 딱 그 짝이잖아요?"

자신들은 관심도 없는 성화와 대룡의 싸움에서 자신들이 이렇게 당할 줄은 누구도 몰랐다.

"일단은…… 그들과 협상해 봐야지요. 성화 측과 이야기해 보고 그들이 얼마나 성장할지는……."

차덕수가 암울하게 말하는 그때였다.

갑자기 문이 벌컥 열리면서 한 사람이 얼굴이 창백해진 표정으로 안으로 들어왔다.

"여러분, 큰일 났습니다."

"큰일? 뭔 큰일?"

"성화에서…… 자체 공장을 만들어서 공급할 예정이라고 합니다."

"뭐!"

다들 자리에서 벌떡 일어났다. 자체 공장을 만들어서 식자재를 공급한다는 것은 사실상 중소 업체들더러 죽으라는 소리다. 이 시장이 성화, 아니면 대룡으로 구분된다는 뜻이니까.

"이 뉴스를 보세요!"

신문을 보여 주는 남자. 그리고 거기에 쓰인 충격적 사실.

당분간은 외부 업체를 통해 자재를 공급하겠지만 장기적으로 자체 공장을 건설하여 자재를 납품하는 형태로 바꿔 갈 생각입니다. 그렇게 함으로써 소비자들에게 더 낮은 가격과 양질의 식사를…….

이런저런 자기 자랑으로 가득했지만 그들의 눈에 들어온 것은 첫 번째 부분뿐이었다.

"장난해!"

당분간 외부 업체에서 공급받는다는 것은 어떻게 보면 자기들에게 이득이 될 수 있다. 단기적으로는 말이다.

하지만 장기적으로는 저들이 공장을 운영하게 되면 도리어 자신들의 시장을 빼앗기게 되는 꼴이 된다. 그나마 남은 곳도 대룡이 분식비대위와 손잡고 진출한다고 해서 자신들이 굶어 죽을 판국인데 말이다.

"이럴 수는 없습니다!"

"누구를 병신으로 아나!"

"당장 항의해야 합니다!"

분노를 터트리는 사람들을 보면서 차덕수는 속으로 미소를 삼키고 소리를 질렀다.

"이 망할 성화 녀석들에게 본때를 보여 줘야 합니다!"

⚖

"크크크……."

노형진은 신문을 보면서 웃고 있었다. 아마 이게 지금쯤 공장 사장들에게 들어갔을 테니 그쪽에서는 성화에 대한 분노가 치밀어 오르고 있을 것이다.

"이거 이래도 되는 거야?"

"뭐 말이야?"

"이거 말이야. 이거 이런 식으로 마음대로 말해도 되는 거야?"

"상관없지. 무슨 금전적인 손해가 난 것도 아니고 말이야."

이 뉴스를 신문에 공개한 사람은 다름 아닌 조종수였다. 그는 내부적으로 분란을 일으키는 데 성공했으니 마지막으로 외부와 성화의 관계를 끊으려고 자신의 직위를 이용해서 거짓 인터뷰를 한 것이다.

"그리고 그 인터뷰가 틀린 말은 아닐걸."

"응?"

"대동의 목적은 경제력을 통해 대동아공영권을 이룩하는 거잖아. 그 녀석들이 기존 업체들을 이용할 가능성은 낮지."

"그거야 그렇지만……."

다만 그게 외부적으로 드러난 적은 없다. 하지만 이 인터뷰로 인해 외부적으로 드러난 상황.

"어차피 조종수는 조만간 그만두고 이쪽으로 넘어올 사람이야. 그러니 내부에서 핵폭탄 하나 터트린 걸로 그는 모든 일을 다 한 거지."

"그런가?"

"그래, 어차피 그가 기술을 빼내는 것은 무리이고 말이야."

노형진은 조종수에게 말해서 이런 인터뷰를 하도록 했다. 그래야 중소기업의 사람들이 성화와 상생할 수 있을지도 모른다는 헛된 희망을 버리게 될 테니까.

"아마도 일부에서는 성화와 함께해야 한다는 화평론자들이 있었을 거야. 하지만 성화의 이번 인터뷰로 인해 사실상 그들의 발언권은 봉쇄된 셈이지."

"흠."

"그 대신 대룡과 화평하자는 사람들이 늘어날 테고 말이야. 대룡이야 애초부터 진출할 목적이 없으니까."

사실 대룡은 이런 레토르트나 냉동식품 쪽에 진출할 계획 자체가 없었다. 그쪽으로 진출할 예정이라는 뉴스도 없는 사실을 그저 만들어 낸 것뿐이다. 사업 계획을 발표하는 게 돈이 드는 건 아니니까.

"조종수 씨는?"

"잘리기밖에 더하겠어?"

어깨를 으쓱하는 노형진.

사실 그것도 문제가 될 것은 없다. 실제로 그들의 계획도 그럴 게 뻔하기 때문이다. 설사 잘린다고 해도 어차피 그는 대룡에 자리가 약속되어 있다.

"하지만 그 인터뷰로 인해 한국의 업체들과는 돌이킬 수 없는 강을 건넌 셈이지."

세상에 어떤 멍청이가 나중에 자신이 버려질 걸 알면서 같이 일하겠는가?

스파이는 정보만 빼내는 게 아니다. 결정적인 순간 가짜 정보를 흘리는 것 역시 스파이의 역할이다.

"이제 저들이 이야기할 수 있는 곳은 한 곳뿐이야. 바로 대룡. 그나마 양심적인 기업으로 소문이 나 있으니 그것에 호소하려고 하겠지."

"흠……."

맞는 이야기다. 공식적으로 대룡은 손해를 감수하더라도 다른 사람들에게 많이 양보한다는 이미지가 있다.

남을 착취하는 이미지를 가진 성화와, 상생하는 이미지를 가진 대룡.

공장 사장들이 대화할 대상은 정해진 것이나 마찬가지였다.

"이제 슬슬 협상해 볼까?"

노형진은 빙긋 웃으면서 전화기를 들었다.

"회장님, 접니다."

"차덕수입니다."

"강수찬입니다."

차덕수와 강수찬의 만남은 양측에 지대한 관심을 불러일으키고 있었다. 그럴 수밖에 없는 게 강수찬은 분식비상대책위원회의 회장이고, 차덕수는 식자재비상대책위원회의 회장이기 때문이다.

'뭔 놈의 비대위가 넘치는 세상이냐.'

노형진은 그렇게 푸념하면서도 주변의 눈치를 살폈다. 그럴 수밖에 없는 게 사실 차덕수과 강수찬은 모두 한통속이기 때문이다.

이것이 법이다

차덕수는 자신이 세운 어용비대위를 이끌고 있고, 강수찬은 지난번 사건 이후에 다른 사람들과 합심해서 마약김밥을 막아야 하는 처지이기 때문이다.

"왜 중소기업 물건을 안 쓰겠다는 겁니까?"

"안 그럴 수 있습니까? 마약김밥은 우리 분식점 업주들을 위협하는 사업입니다. 그들은 대기업을 끼고 있으니 그들과 싸우기 위해서는 우리 역시 대기업을 끼는 수밖에 없습니다."

"하지만 우리 물건도 좋습니다."

"알지요. 그러니까 그동안 써 왔던 거 아닙니까? 하지만 여러분들은 새로운 제품이 있습니까? 아니면 일본의 식품을 수입할 수 있습니까? 할 수 있는 게 없지 않습니까?"

"으음……."

"더군다나 그들은 공격적으로 세력을 확장하고 있는데 우리는 그냥 당하라고요? 그럴 수는 없지요."

"하지만 대룡이라고 해서 뭔가 바뀔 것은 없지 않습니까?"

"최소한 대룡은 기술력이 있지요. 몇 달 전부터 기술이전을 위해 일본과 협상 중이고요. 대룡은 만일 자신들과 독점적인 계약을 해 준다면 일식에 관해서도 공급하겠다고 약속했습니다."

"뭐라고요?"

얼굴이 헬쑥해지는 사장단. 지금 그들의 가장 큰 문제는 음식의 메뉴가 정해져 있다는 것이다.

냉동식품이나 레토르트식품은 그냥 진공포장하거나 얼린다고 해서 되는 게 아니다. 그나마 국물이 많은 것은 그런 식으로 가능하지만 일식은 그런 식으로 가공하기 힘들다. 그래서 이들이 개발하지 못한 것이고 말이다.

"마약김밥이 그런 식으로 한국에 진출한다면 우리는 다 죽는 수밖에 없습니다. 하지만 대롱쯤 되면 최소한 일본에 저항 정도의 기술력은 가지고 있지 않겠습니까?"

"그렇게 되면 우리가 모두 죽는 거 모르는 겁니까? 우리가 이 시장을 어떻게 지켜 왔는데……."

"시장을 지켜 온 건 우리지, 그쪽이 아닐 텐데요?"

첨예하게 대립하는 그들.

양측은 오랜 시간 동안 회의했지만 최종적인 결과에 도달하지 못하고 그저 평행성만 계속 달려갈 뿐이다.

"자, 자, 진정하시고."

노형진은 그 시간이 오래되자 자신이 끼어들 시점이라고 생각하고는 그들을 말렸다. 뒤에 있던 사람들 모두 지친 표정이 되었기 때문이다.

"여러분들의 이야기를 들어 보니 이상한 점이 있네요."

"이상한 점?"

"네, 두 분 다 성화의 브랜드인 마약김밥이 자신들에게 위협이 된다고 생각하지 않습니까?"

"그렇지요."

"맞습니다."

"그리고 두 분은 서로 다른 방식으로 싸우고 계시고요."

"네."

"그렇지요."

"그러면 그냥 마약김밥 자체를 퇴출시키면 되지 않습니까?"

"무슨 수로 말입니까?"

한 기업을 시장에서 퇴출시키는 것은 힘든 일이다. 하물며 마약김밥은 대기업들의 후원을 받는 정상적인 기업이다. 그러니 그들이 나가라고 한다고 해서 나갈 리 없다.

"간단하지요. 그들은 아직 공장이 없습니다."

"그래서요?"

"공장이 없다는 건 그들이 장사를 하기 위해서는 한국의 여러 업체에서 공급받아야 한다는 뜻입니다. 그렇지요? 그렇다면 여러분이 그걸 공급하지 않으면 되는 거 아닙니까?"

"그게 무슨 소리야?"

"그게 가능해?"

노형진의 말에 사장단의 뒤쪽에 있던 사람들이 웅성거리면서 대화하기 시작했다.

자신들이 음식을 공급하지 않는다? 그건 전혀 생각해 보지 못한 방법이었다.

"어차피 그들은 공장을 세울 건데 무슨 의미가 있어요!"

누군가 따지듯이 하는 말. 틀린 말은 아니다.

"그러니까 아까도 말했잖습니까? 공장이 있나요?"

"그거야……."

없다. 아직까지는 공장이 없다. 그리고 공장이 없으면 식료품의 공급은 불가능하다.

"그러니 애초부터 여러분이 공급을 안 하면 되지 않습니까?"

"그게 무슨 말입니까?"

"애초부터 여러분들이 공급하지 않으면 가게는 오픈하지도 못합니다. 그리고 가게를 오픈하지 못하면 여기서 고민할 이유가 없지요. 분식점주분들에게도 위협이 되지는 않을 테니까요."

"아!"

간단하지만 확실한 방법이다. 공급이 없으면 수요도 없는 법이니까.

"중요한 건 그겁니다. 그들이 오픈하지 못하게 하는 것."

"그렇지만 우리가 안 한다고 해도……."

모든 식자재 공장이 비대위에 속한 것은 아니다. 그러니 그들을 찾아서 공급한다면 아무런 의미도 없다.

실제로도 비슷한 상황이나 파업할 때 그들을 아무도 안 도와주는 경우는 드물다. 다른 조직이 도와주거나 눈앞의 돈만 보고 공급하는 경우는 흔하디흔한 일이다.

"하지만 그들은 그렇게 못할 겁니다."

"아니, 왜요?"

"규모가 다르거든요."

"뭐라고요? 규모가 다르다니?"

노형진은 이쯤에서 이들에게 핵폭탄을 던질 생각이었다. 지금까지의 위협은 그저 추상적인 위협이라면 지금 발표는 그들에게 치명적인 위협이 될 것이 뻔했다.

"그들이 계약한 식당의 숫자 아십니까?"

"글쎄요? 한 백 개 되지 않습니까?"

"아니요. 오백 개입니다. 그것도 1차만 말입니다."

"뭐라고요!"

"오백 개!"

자리에서 벌떡 일어나는 사람들. 그 숫자는 그만큼 위협적인 숫자였다.

"그게 사실입니까?"

"네, 대부분은 영문을 모르는 퇴직자들이기는 합니다만 어찌 되었건 정식으로 오백 개 업체가 공급된다는 건 확정적입니다. 그나마도 이게 1차분이죠. 2차분은 얼마나 늘어날지 모를 일입니다."

"그, 그런······."

"한 번에 오백 개라니······."

사색이 되는 분식점주들. 한 번에 그 정도 오픈한다는 것은 자신들을 말려 죽이겠다는 뜻이기 때문이다.

하지만 그에 반해 사장들은 다른 생각이 있는 듯했다. 눈이 반짝거리면서 주변을 둘러보기 시작하는 걸 보니 말이다.

'혹시나 성화에 붙으면 자기는 잘 먹고 잘살 수 있을 거라 생각하는 건가?'

그럴 수도 있다. 오백 개 체인점에 음식으로 공급하면 그 공급량이 얼마나 많겠는가? 분명히 누군가는 그렇게 생각할지도 모른다.

'내가 그걸 예상하지 못했을 것 같아?'

그냥 충격만 주기 위해서였다면 벌써 오백 개라는 숫자를 공개했을 것이다. 하지만 누군가 배신할지도 모르기 때문에 그걸 막기 위해 지금까지 그 숫자를 감추고 있었던 것이다.

"몇몇 분들은 그쪽에 붙을 생각인 것 같은데요."

"아니, 누가!"

"난 아니야!"

노형진이 날카롭게 찌르자 찔끔하는 일부 사장단.

"성화에서는 자체 공장을 건립한다는 의사를 명확하게 했다는 것을 다시 한 번 말씀드려야겠군요."

"아……."

오백 개이라는 숫자에 순간 혹해서 잊고 있던 부분.

"애초에 오백 개쯤 되는 곳에 공급하려면 자체 공장을 안 세우는 게 이상한 거지요."

"……."

"그러면 그때 여러분들은 어떻게 될까요?"

"후우, 망하겠지요. 오백 개를 공급하기 위해서는 공장을 키워야 하니까요."

오백 개 체인점에 음식을 공급하기 위해서는 공급 회사 자체도 커야 한다. 당연히 그걸 맞추기 위해 기계를 사고 사람을 고용하고 규모를 키울 것이다.

"그리고 그들이 공장이 완성되면 당연히 버려질 겁니다."

그러면 기계를 들여오고 사람을 고용했던 모든 돈은 의미가 없게 된다. 사실상 그때는 기계를 팔고 싶어도 동종 업계가 몰락의 과정에 있을 테니 제대로 팔릴 리도 없고, 한꺼번에 사람들을 자르자니 적지 않은 퇴직금이 한꺼번에 나갈 것이다.

"그리고 성화와 거래하는 곳은 다른 곳과 거래가 끊어질 수밖에 없지요."

분식 업계가 성화에 이렇게 분노하는데 그들과 거래하는 곳을 받아 줄 리 없다.

애초에 분식 업계는 그 때문에 대룡과 손잡은 것이 아니던가? 그런데 그 후에 성화에 팽당하고 나서 다시 그들과 함께 일할 수 있을까? 당연한 얘기지만 분식 업계가 그냥 받아 줄 리도 없거니와 대룡에서 그걸 구경만 하지는 않을 것이다.

"결국 그때는 여러분들은 성화에 버림받은 채로 대룡과 싸워야 합니다. 자신 있으신가요?"

부르르 떠는 사람들. 생각만 해도 끔찍한 일이었다. 대기업인 성화를 몰아붙여서 중견 기업으로 떨어트린 게 대룡이다. 그런데 그런 그들과 전쟁이라니.

"큭……."

"여러분의 방법은 간단합니다. 공급을 안 하면 됩니다. 그러면 그들은 오픈하지도 못할 테고, 그러면 분식 업계 쪽이 대룡과 손잡을 이유가 없지요. 대룡이 돈이 안 된다면 이쪽으로 올 이유도 없고요."

모든 것을 해결할 수 있는 방법. 그건 그냥 식자재를 공급하지 않으면 된다는 것이다.

"자, 어찌하시겠습니까?"

노형진은 씩 웃었다. 그리고 그 이야기를 미리 알고 있던 차덕수는 마치 수긍했다는 듯 고개를 끄덕거렸다.

"방법은 하나뿐인 것 같네요."

⚖

"뭐?"

김두만은 다급하게 들어온 보고에 당황해서 다시 물어볼 수밖에 없었다.

"한국에 있는 식품 공급 업체들이 마약김밥과는 거래하지 않겠답니다."

"그게 무슨 소리야? 그 미친 새끼들이 왜 거래를 안 한다고 해?"

"그게, 버려질 걸 알면서 거래하는 놈이 어디 있느냐고……."

"버려져?"

"네, 얼마 전에 우리가 자체 공장을 세운다는 기사를 본 모양입니다."

"뭐라고!"

김두만은 화가 끝까지 났다. 확실히 그런 기사가 나기는 했다. 하지만 별 의심 없이 그냥 지나갔는데 그게 이런 일을 불러올 거라고는 생각도 못 했다.

"이런 미친 새끼들! 그러면 다른 곳에 알아봐! 일단 식당에 공급할 건 있어야 할 거 야냐!"

몇몇 업소들은 이미 리모델링에 들어갔고 계약상 자신들은 그들에게 음식을 공급해야 한다. 그런데 업체들이 공급하지 않겠다고 한 것이다.

"몇 군데 응한 곳이 있었는데 갑자기 나중에 말을 바꿨습니다."

그나마 작은 곳 중 몇몇은 죽기 살기로 공급하겠다고 했다. 그들은 비대위에 속한 것도 아니고 어차피 작은 곳이라서 이렇게 죽나 저렇게 죽나 마찬가지라고 생각했던 것이다.

그러나 그들은 대룡에서 조용히 방문한 후에 말을 바꿀 수밖에 없었다.

"이런 미친."

김두만은 생각지도 못한 상황에 머리가 지끈거리기 시작했다.

"계약자들이 왜 갑자기 이 난리야?"

성화의 앞에서는 여전히 시위가 계속되고 있었다. 하지만 이번에는 시위하는 샤람들이 분식점주들이 아니라 성화와 마약김밥 체인을 계약한 사람들이었다.

"갑자기 체인 오픈을 미룬다고 하니까 그러는 거지, 뭐."

분식업을 쉽게 생각하고 있던 마약김밥은 갑자기 공급 라인이 막혀 버리자 발등에 불이 떨어졌다. 당장 얼마 후면 가게를 오픈해야 하는데, 음식이 없어서 팔지 못하게 되면 무슨 창피란 말인가?

당연히 일괄적으로 오픈을 미루도록 했는데, 당연히 오픈 준비를 하던 사람들이 화를 낼 수밖에 없었다.

"아니, 왜?"

"저들이 가게를 오픈하는 곳은 자기 건물이 아니니까. 고정 지출이라는 게 있거든."

체인점을 오픈하려고 하는 사람들은 대부분 건물주 같은 사람이 아니라 은퇴 후에 먹고살기 위해 장사하는 사람들이다. 당연히 자신이 가진 빌딩이나 상가가 있을 리 없으니 빌려서 해야 한다. 리모델링비는 일단 한 번 나가면 끝나는 거니 빠진다고 쳐도 임대료는 어쩔 수 없이 나가야 하는 것이다.

"그런데 그런 분식집류가 될 만한 장소에 있는 가게는 못해도 월 200만 원에서 300만 원은 나가야 한단 말이지."

"아!"

오픈이 미루어진다고 해서 그 월세가 안 나가는 것은 아니다. 그런데 일반인에게 돈이 들어오는 게 없는 상황에서 난데없이 200만 원에서 300만 원이 고정 지출로 나간다고 생각해 보라, 사실상 생활 자체가 불가능하게 된다. 빚으로 막는 수밖에 없는 것이다, 그것도 돌려받을 수 없는.

"눈 안 돌아가면 이상한 거네."

그 정도면 한 사람의 월급이다. 그것도 정규 직급의 월급. 비정규직으로 일하다가 나온 사람들에게는 두 달 치 월급이 될 수도 있는 큰돈.

"그런데 난데없이 오픈을 미루라고 했으니 화가 안 나겠어?"

그게 한 달이 될지 두 달이 될지 알 수도 없는 상황에서 그들이 할 수 있는 것은 한 가지뿐이었다. 본사에 찾아와서 항의하는 것.

"그런데 이건 임시방편 아니야? 일단 언젠가는 오픈할 거잖아?"

"쉽지는 않을 거야."

한꺼번에 일반적으로 분식점에 들어가는 음식은 한두 개

가 아니다. 그리고 그 모든 음식을 한꺼번에 다 만들어서 공급하는 공장은 없다고 봐도 무방하다.

"일단 오백 곳에 음식을 공급할 수 있는 공장을 세우려면 못해도 6개월은 걸려. 거기에다 저쪽은 2차 모집까지 하고 있으니 가게는 더 늘어날 거야. 당연히 공장을 더 크게 지어야지. 당장 급한 대로 할 수는 없으니까."

그러면 당연히 1년 이상의 대기 시간이 걸린다.

"1년씩 기다려 줄 사람은 없지."

한 달에 300만 원씩 손해 보면서 1년씩 기다려 줄 계약자는 없다. 그러니 그들에게는 큰 문제가 생긴 셈이다.

"하지만 여전히 일식은 남아 있잖아?"

마약김밥의 본체는 성화이지만 그 뒤에는 대동이 있다.

기존 분식들과 싸우기 위해 차별화해야 했는데, 그것이 바로 일본의 음식들. 그게 들어오면 일단은 오픈은 할 수 있다. 한식을 못 할 뿐 일식은 가능하기 때문이다.

"그 부분은 이미 준비 중이야. 대룡에서 그걸 협상하러 갔지."

"협상하러 갔다고?"

"그래."

대룡이 전면에 나서지 않겠다고 했지, 그렇다고 성화와 싸우지 않겠다는 소리를 하지는 않았다.

더군다나 성화는 지금 위험한 게임을 하고 있다. 당연히 살짝만 흔들면 치명적인 타격을 줄 수 있는데 대룡이 움직이지 않을 리 없다.

"기다려 봐. 아마 조만간 소식이 올 거야, 후후후."

"뭐라고요?"

일본 식품 업체의 사장인 사토는 눈앞에 있는 남자의 말에 깜짝 놀라서 앉은 자리에서 벌떡 일어났다.

일본의 공장에 찾아간 사람은 다름 아닌 조종수 과장, 아니 조종수 부장이었다. 다만 달라진 것은 그의 소속이 성화의 마약김밥에서 대롱으로 바뀌었다는 것.

기자회견을 해서 폭탄을 던진 그는 가뿐하게 사표를 내고는 성화에서 대롱으로 옮겨 온 것이다. 그리고 일본어 실력을 인정받아 일본 무역상들과의 협상을 담당하게 되었다.

"일본의 냉동식품과 레토르트식품을 수입하고 싶습니다."

"그게 무슨 말입니까?"

"지금 재고가 넘쳐서 자리 없는 걸로 아는데요?"

"누가 그런 말을……."

"제가 마약김밥에 있다가 나왔습니다. 마약김밥이 오픈을 미뤄서 재고가 넘칠 텐데요?"

"끄응……."

조종수의 말에 회사 사장은 곤란한 얼굴이 되었다. 그럴 수밖에 없는 게 수출 계약을 한 후 엄청난 초동 물량을 보내야 해서 몇 달을 고생해서 물량을 맞춰 놨는데 그쪽에서 물건을 가지고 가지 않고 있었기 때문이다.

'오픈발이라는 거지.'

일본의 레토르트식품은 아직 한국에 본격적으로 상륙한 게 아니다. 당연히 정식으로 팔리게 되면 한국에서는 신기한 맛에 한 번씩 먹어 보려고 할 테고 초반에 엄청난 판매량이 나갈 거라 예상되었다. 소위 말하는 '개업발'.

그러나 정작 메인이 될 한식이 공급되지 않자 마약김밥은 제대로 오픈도 하지 못한, 어정쩡한 상태가 되어 일본에서 만든 음식을 가지고 오지 못하고 있었다.

"하지만 이 물건들은 모두 마약김밥과 거래된 상황입니다."

"아까 말씀드렸잖습니까, 제가 마약김밥에서 그만두고 나온 사람이라고. 아마 당분간 마약김밥은 오픈을 못 할 겁니다. 짧게는 6개월, 길면 한 1년까지 갈 수도 있지요."

"네? 그게 무슨 말입니까?"

깜짝 놀라는 사토.

모든 물건에는 유통기한이 있다. 냉동식품은 그나마 나은 편이지만 레토르트 역시 유통기한을 가지기 마련이다. 그런데 1년이 넘게 못 팔면 당연히 그건 악성 재고가 된다.

'문제는 그게 아닐걸?'

어찌 되었건 판매 계약이 되어 있으니 1년 후에 가지고 갈 수도 있다. 하지만 문제는 돈이다. 이들이 엄청난 초도 물량을 공급하기 위해서는 당연히 그걸 만들 재료를 사야 하는데, 그 재료를 사는 데 들어가는 돈은 마약김밥이 주지는 않는다. 그러니 당연히 우선 이들이 사고, 나중에 판매한 물건에 대한 대금으로 받게 되어 있다. 그런데 그 경우 그 원자재의 대금을 갚아야 하는 것은 이들이라는 것이다.

"그게 무슨 말입니까! 그러면 우리는 어떻게 살라고요?"

"저한테 말씀하셔도 의미가 없습니다. 전 그만둔 사람이거든요. 하지만 보세요. 이미 공식적으로 오픈 준비를 미룬다는 공문이 각 계약자들에게 갔습니다."

"허억!"

그걸 보고 사토는 털썩 주저앉았다.

기업을 운영하다 보면 중요한 것 중 하나가 바로 현금 유동성이다. 필요한 순간에 필요한 돈이 제대로 들어가야 기업은 유지된다. 하지만 지금 이 순간 그 모든 것이 냉동실에 꽁꽁 언 채로 묶여 있었다.

"그러고 보니 냉동실 사용료도 내셔야 하는군요. 그게 적지 않을 텐데요?"

"으으으……."

갈수록 태산이라고, 실제로 그런 냉동식품은 절대로 녹였다가 다시 얼려서는 안 된다. 그래서 모든 것은 다 냉동실에 있다. 레토르트는 그나마 냉동 시설까지 필요 없다고 하지만 그것도 창고가 필요한 것은 마찬가지.

"저희한테 넘기십시오. 동일한 조건으로 저희가 가지고 가지요."

"넘기라고요?"

"네, 안 그러면 저희도 다른 업체를 찾아봐야 하고요."

"다, 다른 업체요?"

"네, 대룡에서는 한국에서 일본 음식 판매를 시작하려고 하는데 여기서 거부하면 다른 곳에서 납품받아야 하지 않겠습니까?"

"그, 그런……."

그렇게 되면 자신이 엄청난 손해를 보게 된다.

한국에 처음으로 판매하는 것이니 사람들이 신기한 마음에 사 먹을 거라 생각해서 엄청난 양을 만들었는데 다른 곳에서 먼저 공급해서 익숙한 음식이 되면 판매량이 많지 않을 테니 그 많은 물건들이 악성 재고가 될 것이다.

하나 그렇다고 일본에서 풀 수는 없다.

일본 사람들은 음식의 유통기한 같은 걸 일일이 확인해 살 정도로 깐깐하다. 당연히 자사의 제품이 만든 지 오래되었다면 다른 곳의 음식을 살 것이다.

그렇게 되면 제품 이미지 전반이 나빠져서 총판매량이 줄어들게 된다.

"하지만…… 대동이……."

유민택이 가장 먼저 쓰려고 했던 해결책은 다름 아닌 일본

식품의 수입이었다. 그러나 대동의 집요한 방해 때문에 성공하지 못했다. 그러니 이제는 상황이 달라졌다.

"대동이 뭐라고 하는 게 무섭다면 저희는 어쩔 수 없고요."

어깨를 으쓱하는 조종수.

'빌어먹을…….'

사토는 정신이 아득했다. 재고를 털어 낼 수 있는 유일한 방법이라는 것을 느낀 것이다.

"거절하신다면 강요는 안 합니다."

자리에서 일어나는 조종수. 사토는 그런 그의 손을 잡을 수밖에 없었다.

"잠시만요. 조금만 더 이야기해 봅시다."

조종수는 미소를 지었다.

⚖

"이런 미친놈! 무슨 짓을 벌인 거야!"

빠각 소리와 함께 김두만의 얼굴이 반대쪽으로 획 돌아갔다. 그리고 그는 그대로 핑그르르 돌면서 바닥을 나뒹굴었다.

"억!"

"사장님!"

"사장님!"

그를 보좌하던 사람들은 깜짝 놀라서 비명을 질렀다. 그리고 몇몇은 요시 히무로를 잡고 진정시켰다.

"진정해요!"

"진정? 진정하게 생겼어, 지금!"

소리를 버럭버럭 지르는 요시 히무로.

그는 어지간하면 화를 내지 않는 타입이지만 지금은 화가 안 날 수가 없었다.

"지금 무슨 짓을 저지른 건지나 알아!"

그가 잠깐 통제력을 잃어버린 사이 김두만은 엄청난 사고를 쳤다. 무려 오백 곳이나 되는 체인점과 계약해 놓고 갑자기 일이 틀어지자 자신과 이야기도 안 하고 다짜고짜 오픈을 미뤄 버린 것이다.

당연히 나중에 그 사실을 안 그가 기겁하면서 다시 오픈을 서두르려고 했다. 이게 늦어지면 어떤 상황이 벌어질지 예상했기 때문이다.

최소한 일본 식품을 팔 수만 있어도 어느 정도 오픈발은 기대할 수 있고 한식은 나중에 추가하면 된다고 생각했던 것이다.

그러나 그사이 대룡이 일본에서 준비했던 모든 식품들을 모조리 쓸어 갔다. 이미 공문까지 내려갔으니 그들은 살기 위해서라도 재고 떨이를 해야 했던 것이다.

결국 일본의 식품도 구하지 못하게 되었으니 오픈은 물 건너간 것이다.

"야, 이 새끼야! 너, 내가 누군지 알아!"

하지만 김두만은 중요한 게 그게 아니었다. 자신이 맞았다. 다른 놈도 아니고 아랫놈인 부사장에게 말이다.

"너 이 새끼, 죽이려고 작정했어?"

"너야말로 죽으려고 작정했어? 지금 상황이 어떤지 알아?"

성화 앞에서는 오백 곳이나 되는 체인점주들이 시위하고 있고, 그들이 요구하는 오픈은 최소한 1년은 꿈도 꾸지 못한다.

설사 오픈한다고 해도 일본 음식을 한국 분식집에 공급해서 이슈를 일으킨다는 작전은 이미 무의미해졌다. 대룡에서 갑자기 식자재 시장에 진출하는 것을 바꿔서 생산은 안 하고 일본의 물건만 수입해서 판매하는 쪽으로 노선을 바꾼 것이다.

'빌어먹을.'

완벽하게 당했다. 이제 일반적인 식당에서도 일본의 레토르트식품과 냉동식품을 판매하게 되었으니 자신들이 마약김밥을 대대적으로 론칭한다고 한들 그게 이슈가 될 리 없으며, 1년 후면 사람들이 익숙해질 대로 익숙해진 후라 소위 말하는 오픈발이라는 것도 받기 힘들다.

그런 상황에서는 늦게 오픈한 마약김밥이 도리어 불리하다. 아무 특색도 없는데 나중에 오픈한 곳에 누가 가겠는가?

'이 모든 걸 저 멍청이가 저질렀단 말이지.'

요시 히무로는 그렇게 생각할 수밖에 없었다. 자신의 신분을 드러낸 사람이 김두만이라 생각하고 있었기 때문이다.

'어떻게 저런 인간이 사장을 할 수 있지?'

그로서는 이해할 수가 없는 일이었다. 자신의 신분을 드러내서 자신을 뒤흔들고 그 이후에 전권을 휘두르면서 계약을 진행시켰다.

너무 많은 계약이 한꺼번에 이루어지면서 공급이 무력화되었고, 결국 반격까지 들어오면서 모든 게 망한 것이다.

"너 이 새끼! 네가 잘못이야! 네가 제대로 한 게 뭐가 있어!"

"허?"

적반하장이라고 자신에게 죄를 뒤집어씌우는 김두만을 보면서 요시 히무로는 이를 빠드득 갈았다.

"그래, 말 잘했다. 난 네놈 때문에 제대로 한 게 없지. 지금 여기서 벌어진 일은 네놈이 다 저지른 일이야."

"뭐라고?"

"대동에서 이 사실을 알면 뭐라고 할까?"

"그……."

김두만의 얼굴이 사색이 되었다.

"절대로 용서하지 않겠다."

자신의 욕심 때문에 모든 것을 망친 김두만을 보면서 요시 히무로는 분노를 감출 수가 없었다.

<hr />

"난리군, 난리야."

성화가 몰락하는 것을 보는 것은 유민택에게는 무엇보다
도 즐거운 느낌이었다.

"누군가 복수는 씁쓸하다고 하는데, 누군가에게는 복수가
달콤하군."

"복수도 취향을 타는 모양입니다."

"무슨 과일도 아니고."

하지만 성화 앞에서 시위하는 사람들을 보면서 유민택은
자신에게는 복수가 달콤하다고 생각하고 있었다.

"김두만은 다시 쫓겨났네. 이번에는 소말리아 지부로 갔
다고 하더군."

"소말리아요? 소말리아에 성화 지부가 있습니까?"

있을 리 없다. 애초에 소말리아는 제대로 된 정부조차 없
는데 무슨 지부가 있겠는가?

"없지. 그러니까 가지는 않았네."

"그 말은?"

"공식적으로 쫓겨난 거지."

없는 지부에 가라는 건 그냥 가문에서 축출되었다는 뜻이다.

"자네를 만나서 그 녀석도 참 일생이 고달프군."

"뭐, 아직 적들은 많으니까요."

노형진은 피식 웃으면서 시위하는 사람들을 바라보았다.

저들은 절박하겠지만 자신들은 속이 시원한 기분이었다.

그때였다. 누군가 노형진과 유민택이 있는 차창을 톡톡 두

들겼다.

"오, 이게 누구야? 손채림 양 아닌가?"

"안녕하세요. 회장님?"

"여기는 어쩐 일인가?"

창문을 두들긴 것은 다름 아닌 손채림이었다. 그녀는 손에 커다란 가방을 든 채로 안쪽을 바라보고 있었다.

"아, 노 변호사가 부탁한 거 가지고 왔어요."

"부탁한 것?"

"네."

그녀가 꺼낸 것은 다름 아닌 명함이었다, 그것도 제법 많아 보이는.

"이게 뭔가?"

"애프터서비스라고 할까요?"

"애프터서비스?"

노형진은 씩 웃으면서 시위하는 사람들을 가리켰다.

"저 사람들도 먹고살자고 가게를 오픈하려 한 건데 우리 때문에 오픈은 물 건너갔지 않습니까?"

"그렇지."

"그러니 좀 도와줘야지요."

"도와준다?"

"성화 때문에 결국 오픈을 못 하게 되었으니, 과실은 성화 측에 있는 것 아닙니까?"

"아!"

현행법상 한쪽이 계약을 무단으로 파기하면 그걸 배상해 줘야 한다. 계약하는 당사자라면 계약금을 포기해야 하고 상 대방이라면 계약금의 두 배의 돈을 줘야 한다.

"들어 보니 무려 5천만 원씩 줬다고 하던데요?"

"허."

유민택이 히죽 웃었다. 그것만 해도 무려 250억이다. 그리 고 과실은 성화에 있으니 성화는 저들에게 그 두 배를 물어 줘야 한다.

"싸움 안 끝났습니다."

"그러면서 자네도 짭짤하게 수익 좀 챙기고?"

500건의 손해배상 소송. 개당 300만 원만 해도 적지 않은 돈이다.

그 말에 노형진은 히죽 웃으면서 차에서 일어나서 바깥으 로 나갔다.

"오늘은 영업 좀 해야 하는데 명함이 부족해서요, 하하하."

가방에 있는 명함을 꺼내 든 노형진은 시위하는 사람들에 게 다가가서 고개를 숙이며 두 손으로 공손하게 자신의 명함 을 건넸다.

"노형진 변호사입니다. 손해배상과 관련해서 무료 상담 해 드립니다. 잘 부탁드립니다."

멀찌감치서 그 모습을 보던 유민택은 아깝다는 듯 입맛을 다시면서 중얼거릴 수밖에 없었다.

"천생 변호사란 말이지."

"천생 변호사죠."

손채림은 그의 옆에서 노형진을 바라보면서 함께 중얼거렸다.

해가 지는 시위 현장에서 노형진은 사람들을 찾아다니면서 열심히 명함을 뿌리고 있었다.

다음 권으로 이어집니다

200평 초대형 24시 만화방

수면실
(침대식)

사우나석

다인석

샤워실

세탁기

신간100%

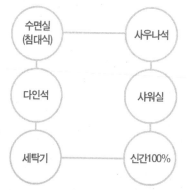

📖 수원 인계동점

● 나혜석거리   ● 농협

● CGV   ● 수원시청역⑧

무비 사거리

소주한잔
건물
24시 만화방 3F

● 홍콩반점   ● 홈플러스

TEL : 031-226-3771
수원시 팔달구 인계동 1041-11 3층 24시 만화방

📖 의정부점

의정부역④
⑤

흥선지하도

◀서울방향

● 진성약국

● 던킨도넛츠

24시 만화방
3F

TEL : 031-856-3971
경기도 의정부시 의정부동 197-13 3층

📖 주안점

주안
남부역

◀제물포

민병철
어학원

간석동▶

● 25시 만화방 6F

TEL : 032-426-2871
인천광역시 주안남부역 지하상가 4번 출구 GS25시 건물 6층

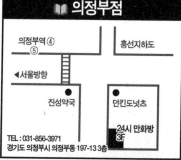

📖 안양점

● 안양역

육교

◀관악역

명학역▶

● 농협

24시 만화방
2F
안양일번가

TEL : 031-466-3771
경기도 안양시 안양동 674-163 죠이당구장건물 2층

너의 미래가 보여

ROK MODERN FANTASY STORY

정성민 현대 판타지 장편소설

비글 같은 걸 그룹부터 할리우드 연기자까지
금 손 매니저의 전설이 시작된다!

우정만 믿고 매니지먼트사에 투자를 한 강현우!
투자한 회사는 문 닫기 직전에,
교통사고 후유증으로는 이상한 게 보이는데……

알고 보니, 그것은…… **연예계의 미래!**

미래가 보이는 능력으로
망해 가는 회사를 살리고자 매니저가 되다!

언론 플레이는 기본!
꼼수가 판치는 치열한 연예계에서 살아남아
최고의 연예 기획사를 만들어라!

의술의 탑

한산이가 현대 판타지 장편소설
ROK MODERN FANTASY STORY

플레밍, 슈바이처, 히포크라테스
그들보다 위대한 의사가 될 수 있다!

머리가 좋다. 공부도 좋아한다. 하지만……
메스만 쥐면 머릿속이 하얘지는 새가슴 레지던트 태석
올해도 안 되면 외과의 꿈은 포기해야 하는 신세
그런 그의 앞에 나타난 낯선 사내!

"자네는 탑을 오를 자격이 있어. 도전해 보게."
"대가는 없네. 기억을 잃는 정도?"

-보상으로 '침착 Lv. 1'이 주어집니다.

게임 스킬과 노력광이 만나
상상 속 모든 의술을 행하다!